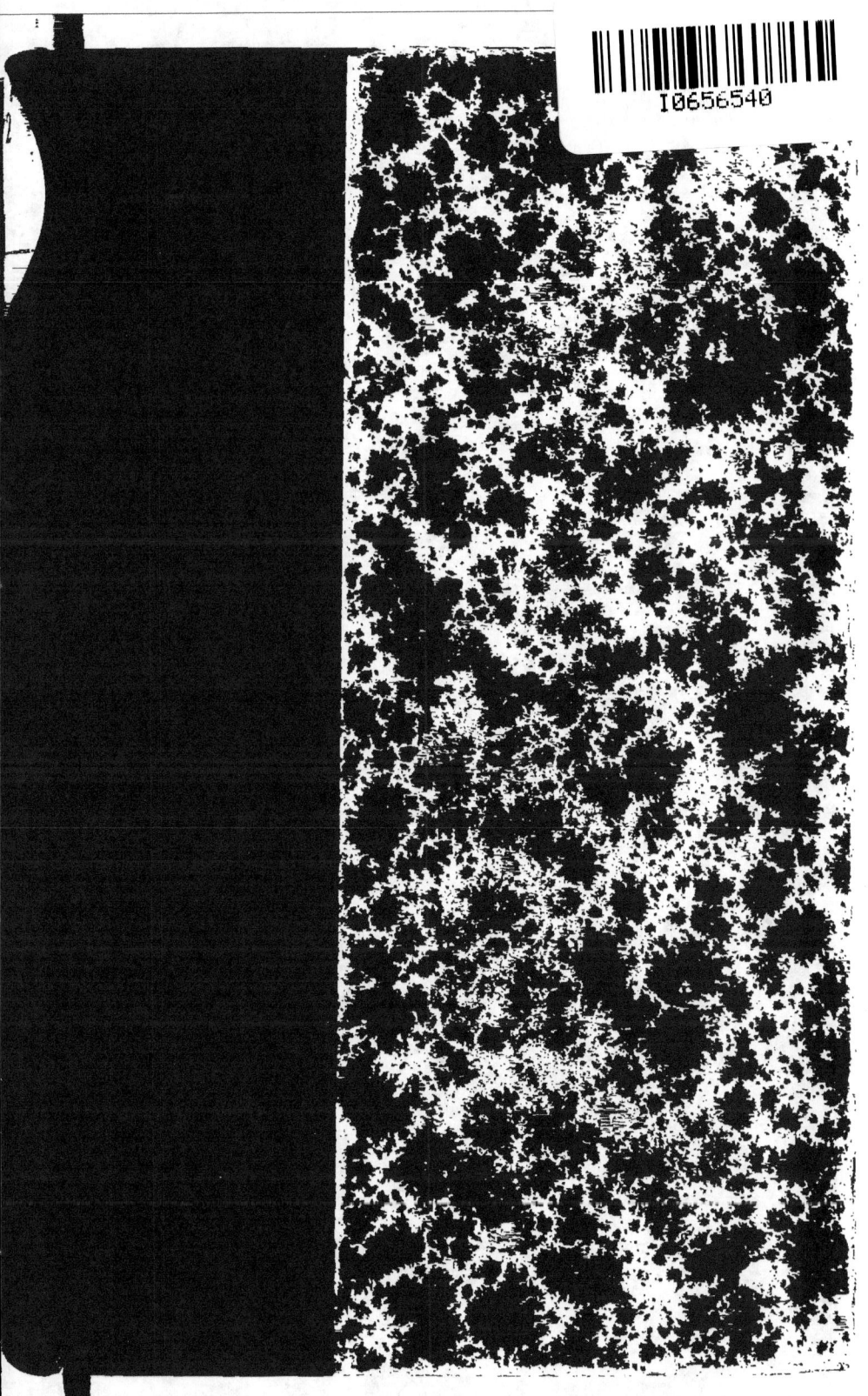

NOUVELLES

DE

BANDELLO

—

TOME II

PARIS
Isidore LISEUX, Éditeur
Rue Bonaparte, n° 2
1880

NOUVELLES

DE

BANDELLO

3o53

TOME II

IMPRIMERIE DE MAGNY-EN-VEXIN

F. NAIN, DIRECTEUR

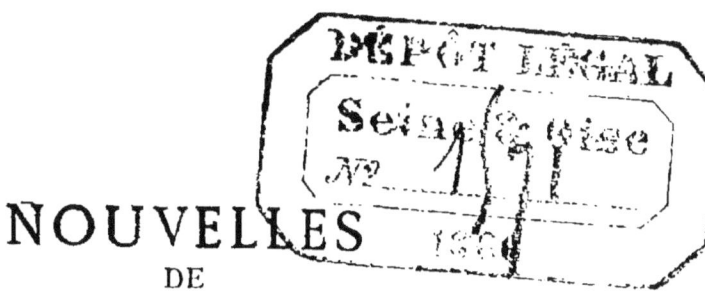
NOUVELLES
DE
BANDELLO

Dominicain, Évêque d'Agen

(XVIᵉ SIÈCLE)

Traduites en Français pour la première fois

~~~

TOME II

SCIENTIA DUCE

PARIS
Isidore LISEUX, Éditeur

Rue Bonaparte, n° 2

1880

NOUVELLES

DE BANDELLO

PREMIÈRE PARTIE

(Suite)

LE BANDELLO

AU MAGNIFIQUE ET ILLUSTRE MESSER

GIO. BATTISTA SCHIAFFENATO

OMME *ils se trompent, mon cher Schiaffenato, ceux qui, voyant un homme faire la cour à une femme, ou soupirer pour elle, ou commettre ces folies habituelles à qui paraît amoureux, disent : Cet homme aime cette femme. Ils appellent amour ce qui est un appétit ; ceux-là le savent bien qui connaissent les distinctions que des hommes sages et instruits font entre les divers sentiments de l'âme humaine. Et, bien que l'amour*

soit un appétit concupiscible, il faut distinguer beaucoup de nuances pour arriver à trouver le parfait et véritable
amour; mais cela nous entraînerait trop
loin et, d'ailleurs, c'est de la philosophie.
Néanmoins (pour en venir à ce que je
veux vous écrire), je dois vous dire que
la nature impose à tout ce qui vit, pour
conserver l'existence, la loi de poursuivre ce qui plaît et de fuir ce qui nuit.
Un instinct naturel y pousse tous les
êtres vivants et leur donne une inclina-
tion décidée à résister de toutes leurs
forces à ce qui s'oppose à leur poursuite
du bien ou à leur fuite du mal. Nous
aussi nous avons cet instinct, la nature
nous a donné un appétit qui nous fait
désirer tout ce qui nous paraît bon et,
réciproquement, éviter tout ce que nous
jugeons nuisible, et, selon les péripatéti-
ciens, l'appétit concupiscible nous a encore fait don d'un autre appétit au
moyen duquel nous nous efforçons de
résister à qui voudrait nous empêcher de
poursuivre le bien ou de nous défendre
contre le mal : c'est l'appétit irascible.

Vous devez savoir que les sentiments qui résultent de ces appétits, bien qu'ils soient aptes à se laisser guider par la raison, se mettent cependant volontiers en opposition avec elle (autant que le comporte leur nature) et qu'ils résistent en ennemis à ses conseils. Cela se voit clairement chez ceux auxquels leur raison montre ce qui est bien et qui cependant, poussés par l'appétit, laissent le bien de côté et s'attachent au mal, principalement dans les choses de l'amour pour lesquelles l'homme, quand il dédaigne la raison, vit comme une bête et agit follement; poussé par l'appétit sensitif que la raison ne règle pas, il passe de l'amour vrai à l'amour féroce et bestial. Notre docte et aimable ami Francesco Appiano, médecin et très-savant philosophe, nous en a donné récemment un exemple quand il nous a raconté, en brillante compagnie, ce que fit Mahomet, fils d'Amurat, Empereur des Turcs, à propos d'un sien amour, qu'on aurait plus justement appelé une frénésie. J'ai écrit cette histoire, je vous l'adresse et

10 A Messer Gio. Battista Schiaffenato

*la dédie à votre nom. Elle vous mon-
trera combien se trompent ceux qui
donnent le nom d'amour à leurs appétits
déréglés. Portez-vous bien.*

MAHOMET,

*Empereur des Turcs, tue cruellement
une de ses femmes.*

NOUVELLE X

 OULEZ-VOUS que je vous
prouve, Mesdames, que
bien des gens se prétendent
amoureux et ne savent pas
ce qu'ils disent, parce que ce
qu'ils appellent de l'amour n'est pas de
l'amour, mais bien un appétit désordonné,
une manie effrénée, une frénésie digne des
bêtes sauvages ? Écoutez-moi et jugez
si je dis vrai ou non ; je ne veux pas
pour le moment d'autres juges que vous,
mes chères Dames.

Mahomet, fils de l'Ottoman Amurat, sultan des Turcs, fut celui qui, à la grande honte de tous les Princes Chrétiens qui vivaient alors et pour leur infamie éternelle, s'empara de Constantinople l'an 1453 de notre salut et détruisit l'empire Grec, onze cent quatre-vingt-onze ans après que Constantin, fils d'Hélène, eut transporté de Rome à Constantinople le siège de l'Empire. On peut remarquer à ce propos que l'empire Grec ayant commencé à Constantin, fils d'Hélène, prit fin sous le règne de Constantin Paléologue, aussi fils d'une Hélène, qui, voyant les Turcs entrés dans la ville et jugeant ne pouvoir s'y rétablir, se dépouilla des vêtements qu'il portait au-dessus de ses armes et qui l'auraient fait reconnaître pour l'Empereur, se jeta courageusement au milieu des Turcs, combattit en brave et vaillant soldat, et en massacra un grand nombre. A la fin, entouré d'ennemis, sans avoir un instant tourné le dos, il tomba mort pour avoir perdu tout son sang par les nombreuses blessures qu'il avait reçues.

Quand il eut remporté cette grande vic-
toire, Mahomet, qui, de sa nature était
très-cruel, fit tuer Calibasso, que son père
lui avait donné pour gouverneur, parce
que cet homme avait, à la prise de
Constantinople, empêché beaucoup de
cruautés : le malheureux fut mis à mort
au milieu des tourments les plus variés
et les plus barbares. Parmi le butin qui
avait été fait dans une si riche cité,
se trouva notamment une très-belle
jeune fille Grecque, nommée Irenea, de
seize ou dix-sept ans ; c'était la plus jolie
personne qu'on ait jamais vue. Ceux à
qui le sort l'avait donnée en partage
voulurent en faire présent à leur Empereur et l'offrirent à Mahomet. Mahomet était tout jeune et fort enclin au
plaisir (comme le sont la plupart des
Turcs) ; quand il vit une si belle jeune
fille, elle lui plut au delà de toute expression et il commanda qu'on la lui
réservât ; il se proposait de se donner
avec elle le meilleur temps du monde.
Je n'ose pas dire qu'il l'aimait, car s'il
l'eût aimée, son amour n'aurait pas

abouti à l'horrible fin qu'il eut. Mahomet se mit donc à fréquenter Irenea et
à prendre avec elle tous les plaisirs qu'un
homme peut prendre avec une femme ; il
se passionna tant pour elle, il lui trouvait
tant de charmes qu'il ne s'en séparait ni
jour ni nuit ; il lui semblait ne pouvoir
plus vivre sans la voir. Pendant trois ans
environ, il fut constamment avec elle,
ne s'occupant de rien de ce qui concernait le gouvernement de l'État, dont il
laissait tout le soin à ses Pachas. Mais,
à la longue, on s'aperçut que la justice
était mal rendue, et que les Pachas,
maîtres de gouverner à leur gré, ne son-
geaient qu'à leurs profits personnels ; il
y eut un grand mécontentement à la
Cour et dans le public. Les Janissaires et
toutes les autres troupes commencèrent
à murmurer hautement : il leur semblait
que l'Empereur, en s'efféminant de telle
sorte, devait se rendre incapable de porter jamais les armes. Le tapage devint si
grand qu'il ressemblait à une sédition
plutôt qu'à des plaintes. Personne n'osait
cependant en dire un mot à l'Empereur,

car on le savait d'un caractère terrible et cruel outre mesure. D'un autre côté, il était tellement enivré des charmes de la belle Grecque, qu'il lui semblait avoir obtenu plus de bonheur en jouissant d'une telle femme qu'en s'emparant d'un si fameux Empire. La sédition allait toujours croissant, beaucoup de gens disaient qu'il ne fallait plus obéir à un Empereur si efféminé, mais en nommer un autre qui s'occupât de perfectionner son armée, d'étendre les limites de l'Empire, et de répandre la religion Mahométane. Mustapha, jeune homme de grand courage, cher à l'Empereur, dès l'enfance élevé avec lui, et qui pouvait entrer familièrement partout où l'Empereur était (même quand il se trouvait avec la Grecque), choisit un jour une occasion favorable et, comme Mahomet se promenait seul dans un jardin, il s'approcha de lui respectueusement (comme c'est leur habitude) et lui dit : « Seigneur, si cela ne te déplaisait pas, » je te dirais bien volontiers des » choses que je crois utiles à ton

» salut et au salut de ton Empire. —
» Qu'est-ce donc ? » demanda aussitôt
Mahomet, en se tournant obligeamment
vers Mustapha. — « Il est clair, Seigneur,
» que je vais paraître bien présomptueux,
» si je te dis tout ce que je me suis per-
» suadé que mon devoir est de te dire ;
» mais j'ai été élevé avec toi depuis mes
» premières années et la bienveillance
» que tu m'as maintes fois témoignée, à
» moi ton plus fidèle esclave, me donne
» la hardiesse de parler, bien sûr qu'avec
» ta sagesse ordinaire, tu prendras tout
» en bonne part. La vie que tu mènes
» depuis la prise de Constantinople fait
» murmurer tous tes peuples et sur-
» tout tes soldats. Voilà trois années
» (permets-moi de te parler ainsi pour
» ton propre salut) que tu perds avec
» une femme, que tu ne t'occupes plus
» ni du gouvernement de ton Empire,
» ni du métier des armes. Ne sais-tu
» pas, Seigneur, que si tu laisses tes
» troupes se négliger, s'endormir dans
» l'oisiveté et perdre leur valeur habi-
» tuelle, tu ruines le fondement même de

» ton empire ? Qu'est devenue cette
» grandeur d'âme que tu avais autrefois ?
» Qu'est devenu cet ardent désir que tu
» témoignais, tout enfant, de conquérir
» à tout prix l'Italie et de te faire cou-
» ronner à Rome ? Le chemin que tu suis
» ne te fera pas agrandir ton empire, tu
» arriveras plutôt à le diminuer et à
» perdre ce que tu as acquis. Crois-tu
» que si Othman Ier, qui a élevé ta fa-
» mille au sommet des grandeurs, avait
» mené la vie que tu mènes, tu serais
» aujourd'hui Empereur de Grèce ? Ne
» te souvient-il pas d'avoir lu, dans les
» annales de tes ancêtres, qu'Othman,
» parti de Galatie, subjugua la Bithynie
» et une grande partie des provinces qui
» sont autour de la Mer Majeure, et que,
» pendant dix ans qu'il régna, il ne prit
» jamais de repos ? Son fils, Orcan,
» marcha sur ses traces, et, en digne
» émule de sa vertu guerrière, dompta
» heureusement la Mésie, la Lycaonie,
» la Phrygie, la Carie, et recula jusqu'à
» l'Hellespont les frontières de son
» Empire. Amurat, successeur d'Orcan,

» fut le premier qui fit passer en Europe
» les armes Turques; il acquit la Thrace
» (qui s'appelle maintenant Roumélie),
» la Servie, la Rascie, et dompta les
» Bulgares. Que te dirai-je de Bajazet,
» qui combattit si vaillamment en Eu-
» rope contre son frère Soliman, qui
» voulait lui enlever l'Empire, et le
» tua ? Quel courage dut-il avoir quand
» il osa s'opposer sur les confins de la
» Galatie et de la Bithynie à Tamerlan,
» et le combattre malgré ses quatre cent
» mille cavaliers Scythes et ses six cent
» mille fantassins ? Après Bajazet, vin-
» rent Calapin, Orcan et Mousa; mais
» comme ils se combattirent entre eux,
» ils firent peu de conquêtes. Mahomet,
» frère de Mousa, qui fut ton aïeul,
» n'acquit-il pas la Macédoine ? Ne
» porta-t-il pas ses armes jusque sur la
» mer Ionienne qui confine à la mer
» Adriatique ? Il fit encore en Asie contre
» les Lydiens et les Ciliciens beaucoup
» d'expéditions dignes de mémoire. Que
» dirai-je d'Amurat, ton père, qui, pen-
» dant les quarante ans ininterrompus de

» son règne, fut toujours sous les armes
» et recula si loin les bornes de l'Empire
» Turc? A la mort de son père, il passa
» d'Asie en Europe, et, malgré les Grecs,
» qui favorisaient Mustapha, son oncle,
» lequel voulait pour lui les États d'Eu-
» rope, il pénétra avec l'aide des vais-
» seaux Génois en Roumélie, en vint aux
» mains avec son oncle, et, après une
» longue bataille, il le vainquit, le tua,
» et demeura paisible possesseur de tout
» l'Empire. Crois-tu par hasard qu'il se
» soit contenté du royaume que lui avait
» laissé son père et qu'il se soit adonné
» au repos? Tu dois savoir, Seigneur,
» qu'il n'est personne du sang Ottoman
» qui ait plus que lui combattu les
» Chrétiens ou qui ait été plus combattu
» par eux. Il commença par se venger
» des Grecs, il emporta de vive force
» beaucoup de leurs villes, saccagea plu-
» sieurs provinces, ravagea les campa-
» gnes et rendit tributaire une grande
» partie de la Roumélie. Il prit d'assaut
» Thessalonique, ville très-importante,
» sur les confins de la Macédoine, qui

» était alors sous la domination des Vé-
» nitiens; il franchit le Tomar et le
» Pinde, avec une immense armée, battit
» dans toutes les rencontres les Pho-
» céens, conquit l'Attique, la Béotie,
» l'Étolie, l'Acarnanie, et soumit à son
» empire tous les pays qui sont de
» ce côté-ci de la Morée jusqu'au golfe
» de Corinthe. Giovanni Castrioto, au-
» quel tout l'Épire obéissait, craignant
» de perdre ses États, remit aux mains
» de ton père trois de ses fils, la ville de
» Croïa et beaucoup d'autres nobles ota-
» ges. Que te dirai-je de la bataille que
» livra Amurat à l'Empereur Sigismond
» et au Duc Philippe de Bourgogne?
» Toute la fleur de la jeunesse Chré-
» tienne était là; l'Empereur fut battu,
» le Bourguignon fait prisonnier et amené
» à Adrianopolis, où il ne recouvra sa
» liberté que moyennant une grande
» somme d'or. Peu de temps après, ton
» père envoya une armée de cent mille
» chevaux ravager la Hongrie sous la
» conduite de Mesibech, qui remplit
» cette province de ruines. Il prit ensuite

» pour femme, avec une énorme dot, la
» fille du roi Zorzo, qui fut ta mère, et
» il s'empara, les armes à la main, de
» tous les États de son beau-père. Il est
» inutile que je te rappelle ses autres
» expéditions guerrières contre les Hon-
» grois : tu y étais de ta personne, et tu
» as vu les soins que prenait ton père,
» sa vigilance, sa persévérance. S'il
» s'était adonné au repos, tu ne serais
» pas aujourd'hui le grand Prince que tu
» es. Mais, dis-moi un peu, penses-tu,
» pour avoir acquis l'Empire Grec et
» beaucoup augmenté l'étendue de ton
» pouvoir, rester désormais en paix, et
» qu'il ne te faudra pas plus qu'aupa-
» ravant, veiller au maintien de ton
» Empire ? Un grand nombre de tes
» sujets t'obéissent et te respectent au-
» jourd'hui, qui, si une bonne guerre
» te tombait sur le dos, prendraient les
» armes contre toi. Tu devrais savoir
» que toute la Chrétienté ne pense pas
» à autre chose qu'à t'attaquer. J'entends
» dire que leur Pape ne fait qu'envoyer
» ses Prélats de côté et d'autre pour

» réunir tous les Princes Chrétiens con-
» tre toi. Mais si les Chrétiens s'unis-
» saient (Dieu nous en préserve!), que
» ferions-nous? Si tu persévères dans ta
» vie efféminée, si tu t'énerves de façon
» à ce que ta force se perde peu à peu,
» que ta virilité s'affaiblisse, que tes sol-
» dats ne s'occupent plus de leur métier,
» et que tout ce qui concerne la guerre
» tombe dans l'oubli, qu'arrivera-t-il
» lorsque les Princes Chrétiens d'Europe
» s'uniront au Sophi de Perse, ton en-
» nemi déclaré, et au Soudan d'Égypte,
» qui ne t'est pas moins hostile? Mon
» esprit a horreur de ces pensées; je prie
» Dieu qu'il ne les inspire pas aux Chré-
» tiens, car autrement ton Empire s'en
» irait en fumée. Allons, mon Seigneur,
» réveille-toi, tu as trop dormi ; montre
» que tu es un homme et non pas une
» femme ; suis les traces de tes prédé-
» cesseurs, consacre-toi au gouvernement
» de ton Empire et fais que tes soldats
» aient tout le jour les armes à la main.
» Si cette Grecque te plaît tant que tu
» puisses difficilement la quitter, qui

» t'empêche de la mener avec toi dans tes
» expéditions ? Pourquoi ne peux-tu pas
» jouir à la fois de sa beauté et t'appli-
» quer au métier des armes ? Les plaisirs
» de l'amour te seront bien plus doux,
» quand, après avoir fait le siège d'une
» ville et l'avoir prise d'assaut, tu te
» reposeras dans les bras de ta bien-
» aimée ; mais ce n'est pas le moment
» d'être toujours auprès d'elle. Essaye de
» t'en séparer pendant quelques jours, et
» tu verras bien la différence qu'il y a
» entre les plaisirs à chaque instant re-
» nouvelés et ceux qu'on ne goûte qu'à
» de longs intervalles. Il me reste à te
» dire, Seigneur, que toutes les victoires
» de tes ancêtres et la conquête que tu
» as faite de cet Empire Grec ne sont
» rien, si tu ne conserves pas cela, si tu
» ne l'augmentes pas ; il faut autant de
» courage pour conserver que pour ac-
» quérir. Triomphe donc, triomphe de
» toi-même, mon Seigneur, et tu vain-
» cras le reste du monde. Maintenant, si
» j'ai dit quelque chose qui t'ait offensé,
» je te supplie d'user de clémence envers

» moi et de me pardonner. Sois persuadé
» que je n'ai été guidé que par mon zèle
» pour ton service, pour ton honneur et
» pour ton salut. Je t'assure bien (et je
» puis te jurer) que je n'ai pas dit un mot
» sans avoir le désir de t'être utile. C'est
» à toi de décider et de faire pour le
» mieux. »

Mustapha se tut et attendit les ordres
de son maître. Quand Mahomet vit que
son esclave se taisait, il resta quelque
temps sans prononcer un mot. Il remuait dans son esprit toutes sortes
d'idées, et les changements de sa physio-
nomie montraient bien la lutte et le
trouble qui s'étaient emparés de son
âme ; aussi Mustapha était-il assez incer-
tain de son sort. Ses paroles avaient
cruellement blessé l'Empereur ; celui-ci
s'en trouvait d'autant plus troublé et
secoué que Mustapha lui avait dit la
vérité, il le sentait bien, et lui avait parlé
en très-fidèle serviteur. D'un autre côté,
il était tellement enlacé dans les liens de
la belle Grecque, il éprouvait tant de
charme à vivre avec elle, qu'il ne pou-

vait penser à la quitter ou même à s'en séparer pour un jour sans sentir son cœur se fendre dans sa poitrine. Enfin, ne voyant pas le moyen de se tirer d'embarras sans perdre la Grecque infortunée, il se retourna vers Mustapha et lui dit : « Ton audace a été grande, Mustapha, » de me parler comme tu l'as fait ; il est » heureux pour toi que tu aies été » nourri avec moi et que j'aie toujours » reconnu en toi le plus fidèle de mes » serviteurs. Je reconnais aussi que tu » m'as dit la vérité et je vais faire en sorte » que toi et les autres, vous reconnais- » siez vite que je sais me vaincre moi- » même. Va, et fais que demain tous les » Pachas et tous les chefs de mon armée » se trouvent vers le milieu du jour dans » telle salle de mon palais. » Cela dit, l'Empereur alla trouver la Grecque et passa avec elle tout le jour et toute la nuit suivante. D'après ce qu'il raconta plus tard, il se donna avec elle plus de plaisir qu'il n'en avait jamais éprouvé, il dîna en sa compagnie le jour suivant et il voulut qu'après dîner elle mît ses plus

riches vêtements et ses joyaux les plus
précieux en plus grand nombre qu'à
l'ordinaire. Elle obéit, la pauvre malheureuse, ne sachant pas qu'elle prépa-
rait ses funérailles. D'un autre côté,
Mustapha, ignorant ce qu'avait décidé
son maître, réunit, quand l'heure fut
venue, les principaux personnages de la
Cour dans une salle du palais, tous fort
surpris que le maître les fît appeler,
depuis si longtemps que personne ne
l'avait vu en public. Tout le monde était
réuni, on causait, quand voici qu'arrive
l'Empereur donnant la main à la belle
Grecque, belle comme toujours et splen-
didement parée, si bien qu'elle ressemblait à une Déesse descendue du ciel sur
la terre. Quand Mahomet entra, tous ces
Turcs l'adorèrent, selon leur usage, en
s'inclinant devant lui ; il s'arrêta au milieu
de la salle tenant toujours la main de la
belle jeune fille et il dit : « Vous mur-
» murez, m'a-t-on dit, parce que je passe
» tout le jour avec cette charmante
» femme, mais je ne connais personne
» qui soit capable de la quitter, s'il l'avait

LE BANDELLO

AU SIGNOR

VICENZO ATTELLANO

※🦢🐦❋

Nous *causions ces jours der-*
niers, n'importe où, de Mes-
ser le docteur Bernardino
Busto, qui trouva sa femme
couchée la nuit avec un
amant ; l'amant s'enfuit aussitôt, et le
docteur mit à l'heure même sa femme
dehors, pieds nus, en chemise, quoique
la neige fût épaisse. On jugea sa con-
duite de diverses façons, car les senti-
ments des hommes sont très-variés.
Vous dites, si vous vous le rappelez,
que vous n'avez jamais pris femme, ni
eu le désir d'en prendre, parce que

Hunyade, surnommé le Blanc, qui fut père du glorieux Roi Mathias Corvin.

Ceci nous montre que Mahomet n'était capable ni d'amour ni de pitié : car, s'il ne voulait plus s'amuser avec la Grecque, quel besoin avait-il de l'égorger cruellement ? Mais, telles sont les mœurs Turques. Et qui voudrait raconter les actions cruelles de ce Mahomet, aurait trop à faire : elles sont innombrables.

LE BANDELLO

AU SIGNOR
VICENZO ATTELLANO

 ous *causions ces jours der-
niers, n'importe où, de Mes-
ser le docteur Bernardino
Busto, qui trouva sa femme
couchée la nuit avec un
amant ; l'amant s'enfuit aussitôt, et le
docteur mit à l'heure même sa femme
dehors, pieds nus, en chemise, quoique
la neige fût épaisse. On jugea sa conduite de diverses façons, car les sentiments des hommes sont très-variés.
Vous dites, si vous vous le rappelez,
que vous n'avez jamais pris femme, ni
eu le désir d'en prendre, parce que*

vous avez trois charmants neveux, fils
de votre frère, que vous considérez et
que vous aimez comme vos enfants. Si
cependant il vous prenait jamais envie
de vous marier, et que par malheur
vous apprissiez le chemin de Corneto,
vous ne déshonoreriez, avez-vous dit,
ni votre femme, ni vous-même, mais
vous en prendriez votre parti comme font
les sages qui ne veulent pas se rendre la
fable du public. Il y eut beaucoup de
gens qui soutinrent votre manière de
voir ; on dit bien des choses pour et con-
tre. On parla aussi de certain baron
Français qui, étant resté bien des jours
et bien des mois loin de son pays, y
retourna, ramenant avec lui un petit
bâtard qu'il avait eu d'une gentille femme ;
à son arrivée, il trouva la sienne au lit ;
elle était accouchée depuis quatre ou cinq
jours et n'avait pas encore eu le temps
de faire cacher l'enfant ; il lui dit en la
baisant tendrement : — « Ma femme, vous
» avez fait des vôtres et moi des miennes ;
» ne parlons plus du passé, ce qui est fait
» est fait, et, pour l'avenir, appliquons-

» *nous à faire bon ménage.* » *On rit beau-*
coup de ce baron et on trouva qu'il avait
mangé trop de safran. Un gentilhomme
de Mantoue dit encore qu'ayant trouvé
sa femme couchée avec un amant, il
ferma la porte de façon à ce qu'on ne
pût l'ouvrir; il savait que la fenêtre était
grillée; et il s'en alla bien loin, à Saint-
Sébastien, demander au Signor Fran-
cesco Gonzaga, marquis de Mantoue, la
permission de tuer l'adultère qui était
avec sa femme, et elle aussi. Le marquis
lui répondit tout furieux : — « Vilain
» *cocu, si tu as l'audace d'arracher un*
» *poil à ta femme, ou à celui qui est*
» *avec elle, je te ferai pendre. Je te jure*
» *bien que si, au moment où tu les as*
» *trouvés ensemble, tu les avais tués, je*
» *t'aurais pardonné; va, et laisse partir*
» *cet homme librement. » Ainsi l'un di-*
sait une chose, l'autre une autre. Enfin,
l'excellent docteur Messer Francesco
Midolla, conseiller au parlement de
Milan et votre beau-frère, homme dont
la science égale l'expérience, nous dit :
« *Mes Seigneurs, si vous voulez bien*

» *m'écouter, je vous dirai avec quelle*
» *sagesse se comporta dans un cas sem-*
» *blable un Conseiller au Parlement de*
» *Paris,* » *et il nous raconta une mémo-*
rable aventure que j'ai inscrite au nom-
bre de mes Nouvelles ; je vous la dédie.
Portez-vous bien.

UN CONSEILLER

*prend sa femme en flagrant délit d'adultère ;
il fait échapper l'amant, et sauve son honneur ainsi que celui de sa femme.*

NOUVELLE XI

L n'y pas longtemps, Mes-
sieurs, que j'étais à Paris ;
il y avait là un Conseiller
au Parlement, le premier
de tous les Parlements de
France. Déjà vieux, il avait pour femme
une belle jeune dame, Française aussi,
qu'il adorait. Elle était fraîche et ardente ; elle se voyait en puissance d'un
mari faible qui ne pouvait pas souvent
arroser son jardin et qui se levait presque

tous les matins avant le jour, à l'heure où
elle aurait voulu se trémousser et mettre
le diable en enfer ; aussi était-elle de fort
mauvaise humeur, car elle voyait sa jeunesse se passer sans plaisir. Elle résolut de
se procurer des distractions le mieux et le
plus secrètement qu'il lui serait possible ;
elle pensait y parvenir assez facilement,
pourvu qu'elle trouvât quelqu'un à son
gré, car Monsieur son mari partant de
bonne heure pour le Parlement et rentrant tard le soir à la maison, elle avait
tout le temps de satisfaire ses désirs.
Après avoir bien réfléchi à tout cela, elle
se mit à se tenir sur le pas de sa porte
ou à la fenêtre, pour regarder qui passait dans la rue et faire choix de quelqu'un qui lui convînt. Elle voyait tous
les jours passer bien du monde, mais
personne ne lui plaisait ; il arriva cependant une fois qu'un jeune homme de
vingt-six à vingt-huit ans vint à passer
et la salua poliment en ôtant son bonnet.
Il s'éloigna ensuite pour aller à ses affaires ; à première vue, il avait beaucoup
plu à la dame. C'était un Lombard qui

allait et venait tous les jours quatre à six
fois par cette rue, plus ou moins, selon
qu'il avait à faire. La dame s'en aperçut,
elle l'observa pendant trois ou quatre
jours, et, comme il lui plaisait chaque
jour davantage, elle se mit à lui faire
bonne mine quand elle le voyait et
à lui témoigner qu'elle recevait avec
beaucoup de plaisir les hommages qu'il
lui rendait. Le jeune homme, qui était
malin, vit bien tout le manège et pensa
qu'il ne serait peut-être pas hors de
propos de chercher à nouer avec la dame
quelque liaison. Comme il était dans ces
idées, elle lui dit, un jour qu'il passait à
son habitude : — « Seigneur où allez-vous
» ainsi si vite ? » et elle rougit jusqu'aux
oreilles. Le Lombard s'arrêta et, comme
il parlait assez bien Français, lui répondit avec respect : — « Madame, je vais
» pour quelques affaires que j'ai jusqu'au
» pont Notre-Dame, mais si je puis vous
» être bon à quelque chose, veuillez
» commander, vous me trouverez tou-
» jours prêt à vous obéir, car il y a quel-
» que temps déjà que je désire être votre

» serviteur. » Et, comme il voyait briller
les yeux de la dame, il se mit à serrer
son jeu, et à lui dire que, depuis bien
des mois, il était amoureux d'elle comme
un fou, mais qu'étranger comme il l'était,
il n'avait jamais osé lui dévoiler sa passion. En résumé, la dame, de plus en
plus amoureuse, s'entendit avec lui pour
qu'il vînt dans la rue le lendemain matin
de bonne heure, quand Monsieur sorti-
rait pour aller au Parlement : une fois
entré dans la maison, il s'en irait tout
droit à une chambre qui lui fut désignée.
Le Lombard agit en conséquence, se mit
au lit avec elle et lui fit fête, mieux que
ne l'avait jamais fait son mari ; il la contenta à merveille et courut en trois heures cinq postes sans changer de cheval.
Le Lombard avait trouvé une terre grasse
et moelleuse, et la dame un cultivateur
toujours plus frais et plus dispos ; ils
s'entendirent avec un vif plaisir pour
que le labourage ne chômât pas, et se
familiarisèrent si bien, que souvent le
jeune homme venait encore dans le
milieu du jour donner un ou deux

coups de bêche; cela dura de longs mois.
Mais une fois qu'ils étaient ensemble et
que le jeune homme folâtrait à son aise
avec la dame; un domestique les entendit; il se douta de ce qui se passait, se
mit aux aguets et vit le Lombard sortir
de la chambre. Alors il ne perdit plus sa
maîtresse de vue, et il s'aperçut qu'ordinairement le matin, quand le Conseiller
sortait de la maison, l'amant y entrait.
Après en avoir averti un autre domestique, qui servait de secrétaire au mari,
un matin que le Lombard était dans la
chambre à coucher, il alla trouver son
maître et lui raconta tout; pendant ce
temps-là, le secrétaire montait la garde.
Le Conseiller, rentré chez lui, fit fermer
la porte, ordonna aux deux valets de se
tenir dans le vestibule armés de halle-
bardes pour tuer le jeune homme, s'il
lui échappait des mains. Ensuite il quitta
sa robe, prit une épée, monta à la chambre et frappa, en appelant sa femme, qui,
surprise dans l'état où elle se trouvait, se
considéra comme morte. Elle ouvrit
néanmoins la porte, que son mari re-

ferma aussitôt. Le Lombard était sans
armes ; il avait déjà remis ses chausses et
son pourpoint quand Monsieur lui dit :
« Je ne sais qui tu es, mais si tu ne veux
» pas mourir, prends tes vêtements et
» saute tout de suite par cette fenêtre. »
Ce langage parut au jeune homme doux
comme une tartine de beurre, il prit son
justaucorps et son manteau, sauta dans
la cour d'un voisin, et eut la bonne fortune de n'être aperçu de personne. Messire le Conseiller ferma ensuite la fenêtre,
fit rentrer sa femme dans son lit et appela
les deux espions. Quand ils furent dans
la chambre : — « Où est cet homme
» qui, d'après vous, était couché avec ma
» femme ? » leur dit-il. « Misérables co-
» quins que vous êtes, de vouloir ternir
» la réputation d'une honnête femme !
» Vous étiez ivres certainement, manants
» que vous êtes. Allez, je vous pardonne
» pour cette fois, mais, à l'avenir, ouvrez
» bien les yeux. » Les deux hommes
descendirent tout étonnés et n'y com-
prenant rien. Le mari fit à sa femme une
sévère admonestation pour qu'elle ne

retombât plus dans la même faute et retourna au Parlement. Mais la dame qui
ne pouvait oublier son amoureux trouva
moyen de le voir plus secrètement.

Eh bien ! ne vous semble-t-il pas,
Messieurs, que ce Conseiller prit un parti
plus sage que Bernardino Busto ou que
ce stupide Mantouan ? Certes, s'il savait
donner de bons conseils aux autres, il
prit pour lui-même, dans cette très-grave
circonstance, une résolution excellente,
puisqu'il sauva son honneur et celui de
sa femme.

LE BANDELLO

A L'ILLUSTRE

MESSER PIETRO BARIGNANO

 N me rendant à Brescia, je montrai à votre très-aimable ami Messer Emilio Emilii, les derniers sonnets et l'excellent madrigal que vous m'avez donnés à la ville de Montechiaro, dans le pays Brescian. Je ne veux pas vous répéter maintenant ce que nous avons dit, lui et moi, de votre style charmant et de votre vive et belle imagination. Je vous dirai seulement, qu'entre Montechiaro et Brescia, je lui lus et relus bien des fois vos vers ; plus je les lisais, plus j'avais envie de les relire, et

il en arriva tout autant à messer Emilio.
Maintenant, pour vous faire part d'une
de mes Nouvelles, je vous en adresse une
que récemment, à Mantoue, en présence
de mon illustrissime Dame, la signora
Isabella, marquise d'Este, raconta le
très aimable messer Domenico Campana
Strascino, comme il retournait de Milan
à Rome, après avoir dîné ce même jour
à la campagne avec messer Mario Equi-
cola et moi. Cette Nouvelle est histo-
rique, et Dante en a fait mention dans
son Purgatoire. Je l'ai voulu mettre au
nombre de mes autres histoires ou Nou-
velles, comme on voudra, et vous la
dédier. Portez-vous bien.

UN SIENNOIS

*Surprend sa femme en adultère, l'emmène
à l'écart et la tue.*

NOUVELLE XII

IENNE, ma vieille ville na-
tale, a toujours été et est
encore aujourd'hui abon-
damment pourvue de belles
et gracieuses dames, et parmi
elles se trouvait, au temps jadis, une fort
jolie jeune femme, appelée Pia de' Tolomei; les Tolomei sont une famille de la
plus haute noblesse. Cette jeune femme,
arrivée à l'âge d'être mariée, fut donnée
pour épouse à messer Nello della Pietra,
le gentilhomme alors le plus riche de

Sienne et le plus puissant qu'il y eût dans la Maremme. Elle, qui l'avait pris contre son gré, contrainte par ses parents, se trouvait on ne peut plus chagrine en se voyant, belle et fraîche fille de dix-huit ou dix-neuf ans, au pouvoir d'un mari qui avait dépassé la cinquantaine et qui lui faisait observer plus de vigiles que n'en prescrivait messire le juge de Chinzicca à la Bartolomea Gualanda, sa moitié; plus même que n'en observent beaucoup d'Espagnols quand ils en sont réduits à vivre à leurs dépens, car alors ils se nourrissent d'une rave, de pain et d'eau claire. Si par hasard Nello lui donnait la becquée, le plus souvent il amenait coup nul et se repliait en bon ordre; de sorte que la belle enfant faisait maigre chère et se contristait d'autant plus que la plupart du temps messer Nello la tenait dans ses châteaux de la Maremme. Une fois entre autres, il l'emmena à Sienne, où il était forcé de demeurer quelques mois à cause d'un procès qu'il avait avec la ville, pour une question de bornage.

Pendant ce séjour, elle résolut de pourvoir à ses affaires et de s'arranger de
telle façon que désormais elle eût chez
elle en abondance ce dont son mari lui
faisait faire si grand jeûne, à son extrême
déplaisir. Elle se mit à observer un certain nombre de jeunes gens de notre
ville, et lorsqu'elle eut bien étudié leurs
mœurs, leurs manières, leurs habitudes,
leurs agréments, il y en eut un qui lui
plut merveilleusement : c'était un jeune
homme de la famille des Ghisi, nommé
Agostino. (Je suis heureux de penser que
c'est de lui que descend le protecteur, le
Mécène de tous les savants de notre
temps, le signor Agostino Ghisi, si bon
et si riche, si libéral, si affable et si bienveillant pour tous ceux qui cultivent la
science.) Ayant donc jeté les yeux sur
lui, elle lui montra toujours un visage
riant quand elle pouvait le voir ; il finit
par s'apercevoir qu'elle le regardait amoureusement. Sans essayer de se garder
contre cette passion, il lui ouvrit au contraire largement son cœur, et mit tous
ses soins à montrer à la dame que, lui

aussi, il brûlait pour elle ; ce fut assez
facile, parce que, dès qu'elle le voyait,
elle s'appliquait à examiner avec soin
toutes ses actions. Les voici donc tous
deux brûlant l'un pour l'autre d'un ardent amour. Messer Agostino écrivit à la
dame une lettre bien tendre, il la lui fit
tenir par une bonne femme et reçut d'elle
la réponse ardemment souhaitée. Leur
désir, à tous deux, était de se trouver
ensemble, pour pouvoir se donner les
plaisirs que l'amour procure ; mais messer
Nello avait chez lui de si nombreux
domestiques, qu'il était presque impossible, à n'importe quelle heure, que
Ghisi pût entrer dans la maison sans être
vu. D'un autre côté, Pia ne pouvait ni
sortir de chez elle, ni aller nulle part
sans être accompagnée d'hommes et de
femmes. Les deux amants étaient fort
empêchés et ne savaient quel moyen
imaginer pour pouvoir se trouver ensemble.

Il arriva à ce moment que messer
Nello fit venir de ses terres une grande
quantité de blé pour la consommation de

sa maison, car il avait résolu de passer
l'hiver suivant à Sienne. Pia, qui l'apprit,
en informa son amant et lui fit savoir ce
qu'il aurait à faire. Heureux au delà de
toute expression, Agostino se prépara à
exécuter tout ce que la dame lui avait
mandé. Le sort voulut que le jour où le
blé arriva, messer Nello faisait tenir,
dans l'intérêt de son procès, une assem-
blée de juristes dans la maison du plus
âgé d'entre eux; et comme il voulut y
assister tout au long, il y resta depuis le
dîner jusqu'à la nuit close. Le blé fut
apporté au moment où messer Nello sortait de la maison; son intendant fit venir
des portefaix et ordonna qu'on montât le
blé au grenier. Ghisi, qui s'était habillé
en portefaix, arriva à ce moment; il
s'était si bien déguisé que personne au
monde n'aurait pu le reconnaître; l'intendant l'appela et lui dit de monter du
grain. L'amant ne désirait pas autre
chose : il prit un sac sur le dos, le monta
et le vida dans le grenier. Il connaissait
la disposition des chambres pour les
avoir vues d'autres fois; en descendant,

prenant bien garde d'être seul, il entra
dans un cabinet dont il ferma la porte,
comme le lui avait écrit la dame qui
guettait son arrivée. Ce cabinet avait une
autre porte donnant accès dans la chambre où Pia s'était retirée et enfermée
seule, sous prétexte de dormir. Elle
ouvrit cette porte et trouva son cher
amant qui, déjà dépouillé de ses habits
de portefaix, était en pourpoint de satin
noir. Dès qu'elle le vit, elle lui sauta au
cou, le serra dans ses bras et lui donna
mille baisers ; Agostino, de son côté,
l'embrassa très étroitement. Je ne m'at-
tarderai pas à vous raconter par le menu
les caresses qu'ils échangèrent, ni à vous
dire combien de fois ils jouèrent à la
lutte. Que chacun de vous pense à ce
qu'il ferait en pareil cas, s'il était vraiment amoureux. Quand Pia eut goûté la
saveur des embrassements de son amant
et qu'elle se dit combien étaient rares et
insipides ceux de son mari, elle s'enflamma d'une ardeur nouvelle et si vive,
qu'il lui semblait presque impossible de
vivre sans avoir continuellement auprès

d'elle son cher Ghisi. Le jeune homme,
lui aussi, l'avait trouvée si bonne, si gracieuse, si aimante, qu'il se croyait en
paradis.

Après être restée quelque temps à se
divertir avec son amant, elle sortit du
cabinet et ouvrit la chambre; puis, laissant ses femmes et sachant que son mari
ne devait rentrer que le soir, elle retourna
dans le cabinet, où elle avait à faire,
disait-elle. Ils y demeurèrent ensemble,
tout joyeux, et devisant entre eux du
moyen de se procurer d'autres fois un
semblable plaisir. Ils ne voulaient pas que
leur première entrevue fût aussi la dernière; ils causèrent longtemps, et comme
ils ne pouvaient pas trouver de moyen
qui leur plût : « Ame de ma vie, mon
» unique maîtresse, » dit Ghisi, « si vous
» vouliez suivre mon conseil et si vous le
» trouviez à votre gré, je pense que ce
» serait chose facile de nous réunir
» ensemble d'autres fois pour jouir l'un
» de l'autre. Je crois, ma vie, que vous
» pourriez, en cherchant parmi vos de-
» moiselles, en trouver une qui vous

» inspirât confiance. Vous lui ouvririez
» votre cœur et je pourrais, par son
» entremise, venir chez vous sous un
» déguisement aux moments que nous
» jugerons les meilleurs. » Pia, qui ne
croyait pas avoir à son service une femme
telle qu'il l'aurait fallu, n'était pas disposée à prendre ce parti. Cependant,
l'amour qu'elle portait à son amant était
si grand, que, au risque d'une mort certaine, elle aurait cherché à lui plaire. Et
puis, elle pensait qu'elle pourrait ainsi se
retrouver quelquefois avec lui, passer une
de ces bonnes journées dont elle avait
commencé à goûter le charme, peut-être
même quelque bonne nuit; elle répondit
donc qu'elle chercherait, qu'elle verrait
qui elle devait prendre pour confidente
de ses amours. Ils entremêlaient leurs
paroles des plus doux baisers, et se pro-
curaient aussi ces délices d'amour que
les amants recherchent avec tant d'ardeur; ils passèrent ainsi cette journée
dans un bonheur parfait.

Vers le soir, Pia ouvrit la porte du
cabinet qui donnait sur l'escalier, et

comme il n'y avait personne à ce moment, elle fit sortir son amant, qui descendit l'escalier avec son costume de
portefaix, son sac sur l'épaule et sa corde
à la ceinture. Un des gens de la maison
l'aperçut en bas; il put cependant s'en
aller sans avoir été reconnu par personne. La dame demeura bien triste du
départ de son amant, mais elle était si
satisfaite de lui qu'il lui semblait avoir
ressenti, pendant les quelques heures
qu'elle lui avait consacrées, plus de
plaisirs et de jouissances qu'elle n'en
avait éprouvés pendant tout le reste de
sa vie. Ghisi, de son côté, ne pouvait
se rassasier de penser au bonheur qu'il
avait goûté avec sa chère Pia, qui était
vraiment Pia en réalité comme elle
l'était de nom. Elle choisit donc celle
de ses femmes qui lui parut le mieux
disposée, lui raconta l'amour de Ghisi et
le sien, et la pria non seulement de tenir
cette confidence secrète, mais encore de
lui venir en aide, afin qu'elle pût recevoir
Ghisi. La demoiselle promit de faire tout
ce qu'il faudrait et d'être très discrète, de

sorte que les deux femmes, ne pensant plus à autre chose, trouvèrent le moyen d'introduire quelquefois Ghisi, qui, déguisé tantôt en homme du peuple, tantôt en femme, put se réunir à son amie. Ils se donnèrent plusieurs fois beaucoup de bon temps, ce qui faisait un plaisir infini à l'une et à l'autre partie. Mais la Fortune, qui rarement laisse deux amants jouir en paix de leur félicité, et qui répand souvent beaucoup d'absinthe sur un peu de miel, troubla bientôt ces heureuses amours. Les amants avaient pris trop d'assurance, ils mettaient dans leurs rapports moins de discrétion; il arriva qu'un vieux domestique, qui avait été élevé avec messer Nello et qui avait grandi avec lui, s'aperçut un jour que la demoiselle avait fait sortir en cachette du cabinet Ghisi, déguisé en mendiant. Soupçonnant une intrigue, il se mit aux aguets pour découvrir la vérité, et enfin il s'aperçut un jour que Ghisi, habillé en femme, était sorti du cabinet; il vit la demoiselle faire certains gestes qui augmentèrent ses soupçons, et il reconnut

d'une façon certaine, à la démarche et
aux manières, que la prétendue femme
était un homme. Mais il ne devina pas si
c'était Ghisi ou un autre. Le jour même,
il dit tout à messer Nello, lequel, résolu
à tirer des deux femmes une cruelle vengeance, mais n'osant rien faire à Sienne,
où la famille de sa femme était puissante,
arrangea son procès, et quitta Sienne à
l'improviste avec tout son monde. Arrivé
dans la Maremme, où il était maître et
seigneur, il arracha à force de tourments
la vérité de la bouche de la demoiselle,
qu'il fit étrangler, et dit à sa femme, qui,
pressentant déjà son malheureux sort,
pleurait à chaudes larmes : « Femme
» coupable, il ne faut pas pleurer, puisque
» tu as volontairement choisi ton sort ;
» c'est quand il t'est venu à la pensée de
» m'envoyer à Corneto que tu aurais dû
» verser des larmes. Recommande-toi à
» Dieu si tu as quelque souci de ton
» âme ; je veux que tu meures, comme
» tu le mérites. » Il la laissa entre les
mains de ses estafiers et leur ordonna de
l'étrangler. Elle demanda pardon à son

mari et à Dieu, s'accusa dévotement de
ses péchés et fut étranglée sans miséricorde. C'est cette Pia que le docte et
illustre Dante a placée dans le Purgatoire. J'ai trouvé ce que je viens de vous
raconter brièvement noté dans un livre
de mon bisaïeul, où il y avait aussi des
notes sur beaucoup d'évènements qui se
passaient alors dans ces contrées.

LE BANDELLO

A TRÈS PARFAITE DAME

LA SIGNORA CAMILLA SCARAMPA
ET GUIDOBUONA

SALUT

'AI *entendu bien des fois de-*
mander ce qui tue le mieux
un homme : la joie ou la dou-
leur. Les partisans des deux
opinions faisaient valoir
leurs raisons; les uns disaient qu'une joie
immodérée fait évaporer les esprits vi-
taux ; les autres prétendaient qu'une
grande douleur les comprime et les
étouffe. Quand on traiterait ce sujet un
jour entier, il me semble que le procès
serait toujours pendant et que la question
resterait indécise. Notre Pietro Bari-

*gnano a beau dire fort bien dans un de ses
madrigaux*, « mon amour change d'objet ; on ne meurt pas de douleur » :
*parce qu'une fois la joie a fait mourir
quelqu'un, ce n'est pas une raison pour
qu'il n'y ait pas de gens qui soient morts
de douleur; on en pourrait trouver bien
des exemples. En ce moment, pour prouver que la douleur rompt la trame de la
vie humaine, je me contenterai de citer
un seul fait arrivé il n'y a pas longtemps
à une dame du même nom et du même
sang que vous. Comme il montre que la
douleur tue l'homme et qu'en outre, il
fait comprendre l'amour immense que
portait cette dame à son mari, je l'ai
écrit aussitôt que je l'ai entendu raconter.*

*J'étais allé, pendant ce Carnaval, à
Asti, votre patrie, où je suis resté quelques jours dans la maison du comte
Giovan Bartolomeo Tizzone, votre cousin, gouverneur de cette ville pour l'empereur Maximilien. La conversation se
mit sur le sujet, et le signor Giovanni
Rotario raconta le fait dont je parle.
Après l'avoir écrit, comme je l'ai déjà*

*dit, je n'ai pas voulu le laisser paraître
sans votre illustre nom, car, puisqu'il y
est question de la signora Camilla Scarampa, il m'a paru convenable de dédier
mon œuvre à la signora Camilla Scarampa, et je vous l'envoie d'autant plus
volontiers que madame votre mère et le
signor Aloïse Scarampo, votre frère,
qui étaient présents au moment du récit,
ont affirmé que cette signora Camilla
Scarampa était de votre famille et que
c'est d'elle que vous tenez le nom que vous
portez. Cela fait que ma Nouvelle ne
pourra que vous être agréable et je suis
heureux de penser qu'elle me vaudra
quelque beau morceau de vous; car il me
semble qu'il y a un siècle que je n'ai
reçu de vous ni lettre, ni vers; et cependant vous devriez vous souvenir de moi
qui vous suis si dévoué. Mais comment
peut-il se faire que vous n'ayez jamais
dit un mot dans vos écrits de la mort si
noble et si attendrissante de votre parente? En vérité, elle mériterait cependant de rester vivante dans le souvenir de
la postérité. Portez-vous bien.*

LA SIGNORA

Camilla Scarampa apprend que son mari a eu la tête tranchée, et elle meurt aussitôt.

NOUVELLE XIII

A discussion courtoise que vous avez eue, messeigneurs, m'engage à vous conter non pas une Nouvelle (je ne veux pas donner ce nom à mon récit), mais un fait, court et attendrissant, qui vous montrera que, si l'on meurt d'une joie excessive, on meurt aussi de douleur. Il y avait pour gouverneur dans le Montferrat un seigneur nommé Costantino Aranite, qui avait été chassé de ses terres par l'empereur

des Turcs. Comme il était très proche
parent de la mère du marquis Guglielmo
de Montferrat, il se retira à Casal, et, le
marquis Guglielmo étant encore enfant,
il gouvernait le pays. Il arriva à cette
époque que le signor Scarampo, de la
famille des Scarampi (famille riche,
très noble, et remontant dans cette ville
à une haute antiquité), qui avait pour
femme une noble et charmante dame,
aussi de la famille des Scarampi, et nommée Camilla, eut un litige avec un gentilhomme du Montferrat à propos des
limites de leurs châteaux. Le signor
Scarampo possédait dans les Langhe plusieurs beaux domaines et, dans le Montferrat, une très belle terre. Au moment
où Charles VIII, roi de France, passa en
Italie et alla faire la conquête du royaume
de Naples, Scarampo plaidait à Casal
devant le conseil du marquis pour maintenir ses droits seigneuriaux, que le gentilhomme du Montferrat cherchait à lui
enlever. Il trouva qu'on ne lui rendait
pas la justice qu'il croyait lui être due,
que son adversaire était plus en faveur;

il s'en plaignit deux ou trois fois à la
marquise et au signor Costantino, mais
il ne fut pas écouté et il en éprouva une
vive colère. Il était beaucoup plus riche
et plus puissant que celui contre lequel
il plaidait, parce que, comme je l'ai déjà
dit, il avait dans le pays d'Asti et ailleurs
beaucoup de beaux domaines. Il se
décida donc à se faire justice à lui-
même, sans songer qu'il était, pour la
terre féodale qu'il possédait en Montferrat, sujet et vassal du marquis, et que
toute offense contre son seigneur serait
punie par la justice. Je crois qu'il ne
pensa qu'à l'âge du marquis, encore
jeune enfant, sans se préocupper de
Costantino qui, étant gouverneur depuis
peu, cherchait à se faire obéir et à être
craint pour acquérir de l'autorité. Ayant
réuni une multitude de gens de ses
autres domaines, il marcha à l'improviste sur le château de son adversaire,
et y exerça des représailles; ses gens
pillèrent beaucoup et tuèrent quelques
hommes. Dès que cela fut connu à
Casal, défense fut faite au signor Sca-

rampo, au nom du marquis, d'aller plus
loin ; il lui fut enjoint de restituer tout ce
qui avait été pris et de se présenter en
personne devant le conseil du marquis.
Au mépris des ordres de son seigneur,
non seulement il ne rendit pas ce que
les siens avaient pillé, mais il revint à
mains armées sur le territoire de son adversaire, fit pis que la première fois et
n'eut garde de comparaître. Quand le
signor Costantino apprit ces faits, il lui
sembla qu'ils infligeaient au marquis
une véritable honte, qu'ils nuisaient à sa
juridiction et qu'ils faisaient mépris de
sa puissance ; il fit donc enjoindre de
nouveau à Scarampo, sous peine d'être
privé de son fief et de subir la peine
capitale, de se présenter en personne à
Casal dans le délai de cinq jours. Le
signor Scarampo, indigné et outré de
colère, ne tint nul compte de cet ordre et se mit à faire pis que jamais;
comme il espérait pouvoir se retirer dans
les châteaux qu'il avait de ce côté-là, il
alla de l'avant, incendia la villa de son
adversaire, saccagea et pilla tout. Le

signor Costantino, qui avait quelque peu
prévu ces excès, avait du monde sous la
main ; il vint aussitôt mettre le siège devant le château du signor Scarampo,
avant que celui-ci pût le quitter, comme
il en avait formé le projet. La signora
Camilla, sa femme, apprenant cette mauvaise nouvelle, fit tout au monde pour
ravitailler le château où était son mari.
Mais l'ennemi veillait et faisait une garde
assidue ; elle ne put jamais entrer en
communication avec son mari. Elle savait qu'il avait besoin de pain : cela la
tourmentait beaucoup ; elle finit par
craindre ce qui arriva effectivement, et
elle expédia en toute hâte un de ses serviteurs en France à Louis, duc d'Orléans, en le priant de se mettre aussitôt
en mesure de pourvoir au salut du signor
Scarampo. Le Duc, qui l'aimait beaucoup, envoya sans tarder un de ses valets de chambre avec une lettre pour la
marquise de Montferrat ; il lui demandait en grâce de ne pas laisser le signor
Costantino pousser les choses plus loin
contre le signor Scarampo ; qu'il se char-

gerait de le ramener à l'obéissance et réparerait tout le tort qu'il avait fait à son adversaire. Quand la marquise reçut le messager du duc d'Orléans, elle l'envoya, lui et sa missive au signor Costantino qui, à ce moment même, était occupé à traiter avec le signor Scarampo. Le malheureux, n'ayant plus de vivres, ayant mangé les chevaux et tout le reste, se rendait à discrétion. Le valet de chambre remit la lettre ; mais le signor Costantino, poussé par je ne sais quel démon, fit, après l'avoir lu, trancher la tête au signor Scarampo dans son propre château. Cela fut plus tard la cause de sa ruine, car, moins de trois ans après, le duc d'Orléans devint roi de France et s'empara du duché de Milan ; le signor Costantino fut obligé de s'enfuir du Montferrat, parce que le roi avait juré de le faire mourir, s'il lui tombait entre les mains. Mais revenons à la signora Camilla ; elle apprit la cruelle nouvelle de la mort de son mari, qu'elle aimait autant que sa vie ; à peine eut-elle entendu le messager, qu'elle s'agenouilla

en priant Dieu de lui pardonner ses
péchés et en le suppliant de lui donner
la mort. C'était un merveilleux spectacle
de voir cette belle dame demander à
Dieu de la faire mourir en présence de
tous ses gens ; à peine eut-elle dit :
« Seigneur mon Dieu , puisque mon
» époux est mort, ne me laissez plus
» en vie », son cœur se serra au point
que, sans prononcer un mot de plus,
elle tomba à terre. Ses serviteurs et ses
femmes, la croyant seulement évanouie,
s'empressèrent autour d'elle pour rani-
mer par toute sorte de moyens ses esprits
vitaux, mais on reconnut à des signes
certains qu'elle était morte, et on l'en-
terra au milieu d'un deuil général et
d'une douleur universelle.

LE BANDELLO

AU SIGNOR

MARIO EQUICOLA D'ALVELLO

SALUT

LS sont souvent étranges et effrayants les évènements que nous voyons arriver chaque jour ; et, comme nous ne savons pas trouver la cause qui les amène, nous restons plongés dans l'étonnement. Mais si nous croyions (comme il est de notre devoir de le croire) que pas une feuille ne tombe d'un arbre sans la volonté et la permission de Celui qui de rien a créé tout, nous penserions que les jugements de

Dieu sont des abîmes insondables et nous nous efforcerions, autant que la fragilité humaine nous le permet, d'éviter les dangers en priant la miséricorde divine de nous en préserver. Nous laisserions les sots vénérer la fortune et nous louerions le poète satirique qui a dit : « O Fortune, c'est nous autres hommes qui te faisons Déesse et qui te donnons une place dans le ciel. » Je vous envoie le récit d'un évènement extraordinaire qui est arrivé récemment à Naples ; il est fait pour provoquer l'étonnement et la pitié ; c'est messer Giovantommaso Peggio, l'aimable et gracieux jeune homme, qui nous l'a raconté ces jours derniers chez l'abbé di Gonzaga. Quand vous l'aurez lu, vous voudrez bien le lire à notre commune maîtresse, madame Isabella d'Este, marquise de Mantoue, et me recommander à son bon souvenir. Vous voudrez bien encore le communiquer à ses aimables demoiselles, qui prenaient autrefois quelque plaisir aux bagatelles que j'écris ; vous n'oublierez pas non plus notre docte et excellent messer Gian Giacomo Ca-

*landra, ni mon charmant ami, que j'aime
tant, le signor Girolamo Negro. Portez-
vous bien.*

ANTONIO PERILLO

épouse son amie après beaucoup de tra-
verses, et tous deux sont tués par la
foudre la première nuit de leurs noces.

NOUVELLE XIV

L y avait naguère, à Naples, un certain Antonio Perillo, jeune homme d'assez bonne famille qui, devenu riche par la mort de son père, s'adonna complètement au jeu et acquit en peu de temps la réputation d'un mauvais sujet. Bien que le jeu fût son occupation principale, il s'éprit de Carmosina, fille de Pietro Minio, marchand richissime, et il fit si bien que la belle enfant s'aperçut de son amour. Comme

elle trouvait Antonio fort joli garçon,
qu'elle le voyait toujours proprement et
richement vêtu, elle se mit, dans sa sim-
plicité, à ouvrir son cœur aux amoureuses flammes, et bientôt Antonio
s'aperçut qu'il était payé de retour. Il
était toutefois si adonné au jeu qu'il ne
pouvait à aucun prix s'en détacher; l'im-
prudent jeune homme fit si bien qu'en
peu de temps il dissipa tout son patri-
moine. Il ne laissa pas cependant de
chercher à avoir Carmosina pour femme.
Mais le père, sachant la méchante vie
que menait Antonio, lui fit savoir qu'il
ne donnerait jamais sa fille à un joueur
comme lui, qui avait jeté par les fenêtres
presque tout son bien. Antonio, voyant
qu'on le refusait à cause de son amour
du jeu et de sa pauvreté, s'en trouva fort
marri. Bien que sa misère fût extrême,
il n'avait pas encore eu occasion de
s'apercevoir de la faute qu'il avait commise en dissipant toutes ses ressources,
mais ce refus lui ouvrit les yeux et il
reconnut qu'il l'avait mérité. Il s'en affli-
gea extrêmement, il maudit son sort, et,

en homme qui ne se possédait plus, il
n'osait pas se présenter en public. A la
fin, il fit peau neuve et abandonna le jeu
complètement; aidé par quelques parents, il réunit une assez grosse somme
d'argent et résolut de se faire de joueur
marchand, de s'en aller à Alexandrie
d'Egypte, de se donner assez de peine,
de faire assez d'affaires pour revenir riche
dans son pays. Il partit donc de Naples et
prit la mer; mais le vaisseau sur lequel
il était monté n'avait pas fait au large
plus de cinquante milles, que les vents
se mirent à souffler de tous côtés. Leur
impétuosité était extrême; ils secouaient
le navire et le battaient avec tant de rage
que plusieurs fois les matelots se crurent
perdus. Toutefois, comme ils étaient
vaillants, en ce péril extrême, ils dé-
ployèrent tout leur savoir et toute leur
énergie; enfin, vaincus par une mer furieuse, ils furent obligés de laisser courir
leur navire au gré des vents. La tempête
durait depuis trois jours quand, sur le
soir, près des côtes de Barbarie, la mer
commença à se calmer. Déjà on se ré-

jouissait, on croyait avoir échappé à cette
épouvantable tourmente, lorsque, au moment où la nuit commençait à être noire,
les galères d'un corsaire Mauresque se
mirent à attaquer furieusement le navire.
Tout le monde était à moitié mort de
fatigue, il fallut se rendre à discrétion et
se laisser mener dans les prisons de
Tunis. La nouvelle de la perte du vaisseau et de la captivité de tous ceux qui
le montaient se répandit vite à Naples.
Carmosina, que le départ de son amant
avait désolée outre mesure, pleura longuement sur son malheureux sort, quand
elle le sut prisonnier des Maures, et fut
plusieurs fois sur le point de mourir de
chagrin.

Pietro Minio, son père, avait l'habitude de faire chaque année un voyage
en Barbarie et de racheter, au moment
de son retour, dix ou douze prisonniers
Chrétiens ; s'ils en avaient le moyen, ils
lui rendaient son argent avec le temps ;
si c'étaient de pauvres compagnons, il
les laissait s'en aller librement, sans
payer, pour l'amour de Dieu. Antonio

Perillo était depuis plus d'un an esclave, quand Minio, se trouvant à Tunis, ordonna à ses agents de racheter, selon sa coutume, dix prisonniers; cela fut fait; et dans le nombre fut Antonio, mais devenu si barbu que Minio ne le reconnut pas; lui, de son côté, évita de se faire connaître. A Naples, où ils furent tous amenés, Carmosina reconnut aussitôt son amant et le lui fit comprendre par signes, ce qui lui causa une grande joie. Elle trouva ensuite moyen de lui parler, grâce à une de ses servantes, et, après bien des paroles, elle lui dit : « Puisque mon père n'a pas voulu de » toi pour gendre parce que tu es pauvre, » je te donnerai l'argent qu'il te faudra » pour que tu puisses retourner faire le » commerce, devenir riche et vivre hono- » rablement, en attendant que tu me » prennes pour femme; car, moi, je ne » prendrai jamais d'autre mari que toi. » Antonio remercia la jeune fille et lui promit tout ce qu'elle voulut. Elle trouva le moyen de prendre les bijoux de sa mère et une grosse somme d'argent à son

père; elle donna le tout à son amant
qui, après avoir payé aux agents de
Perillo le prix de son rachat, s'embarqua
une seconde fois et se rendit à Alexandrie. A ce nouveau voyage, la fortune
lui fut favorable; Antonio se livra au
commerce avec tant d'ardeur, il fut si
âpre au gain, que le bruit se répandit
bientôt à Naples qu'il avait complètement changé de position et qu'il faisait
très bien ses affaires. Après quelque
temps, le commerce lui avait si bien
réussi qu'il était plus riche que jamais;
il se mit à racheter ses biens vendus et,
dans cette intention, il envoyait continuellement de l'argent à un de ses oncles
qui était chargé de ses intérêts. Enfin, il
revint à Naples, où il acquit en peu de
temps le renom d'un homme riche et
bien élevé, ce qui fit grand plaisir à sa
Carmosina. Comme il ne lui semblait
plus qu'on dût le refuser, Antonio fit de
nouveau demander à Minio sa fille pour
femme. Minio, sachant qu'Antonio était
devenu un autre homme, par amour
pour Carmosina, consentit au mariage.

Antonio épousa donc sa bien-aimée Carmosina, qu'il avait bien gagnée, et s'occupa de tout ce qu'il faut faire en pareil
cas. Les noces furent brillantes, les deux
amants étaient enchantés de se retrouver. Tout en causant avec elle, Antonio
racontait à sa charmante femme le chagrin qu'il avait eu quand il s'était vu
refuser à cause de sa pauvreté, la résolution qu'il avait prise de changer de
vie, le misérable esclavage qu'il avait
subi en Barbarie ; et elle, tout émue de
compassion, pleurait doucement et le
baisait à chaque instant. Les deux époux
furent bénis par le prêtre et Antonio
mena sa femme dans sa maison, où il
donna à ses parents et à ses amis un
splendide festin. Les deux époux atten-
daient avec impatience la nuit, qui leur
permettrait d'éteindre un peu le feu qui
les dévorait. Mais la Fortune, qui se
repentait déjà de leur avoir donné le
bonheur en échange de tant de périls et
de tant de travaux, changea cette fête
joyeuse en un deuil profond. C'était au
commencement du mois de Juin ; le

repas fini, les deux nouveaux époux
furent mis au lit vers deux heures de la
nuit; on doit croire qu'ils s'embrassèrent
affectueusement et qu'ils goûtèrent ensemble l'enivrant plaisir d'amour. Ils
n'étaient pas couchés depuis une heure,
quand s'éleva un violent orage, accompagné de coups de tonnerre, d'éclairs, et
d'une pluie torrentielle; les deux amants
furent frappés dans leur lit par la foudre :
on les trouva morts, nus tous deux et se
tenant étroitement embrassés. Ce fut
dans la maison une explosion de san-
glots qui dura toute la nuit. Le matin
du jour suivant, la nouvelle de l'épouvantable évènement se répandit à Naples
et y causa une douleur profonde; les
deux amants infortunés furent ensevelis
dans un tombeau commun, sur lequel
on grava l'inscription suivante et bien
d'autres épitaphes en Latin et en Italien :

Vous, fortunés amants, qui jouissez
Tranquillement de vos joyeuses amours,
Admirez s'il y eut jamais chagrins cuisants
Comme ceux que vous me voyez souffrir ?

J'ai cherché à prendre avec moi dans un filet
Mon épouse chérie; et après avoir perdu
Tout espoir, je me suis trouvé parmi mille misères,
Sur terre et sur mer, sans connaître le repos.
Et quand est venu le temps où l'espérance
A fleurir recommença, dès le premier soir
De mon fruit la racine fut arrachée.
La foudre de Jupiter avec moi
Tua ma dame (ah ! sort cruel !) :
Qui plus que moi se trouve aujourd'hui malheureux ?

LE BANDELLO

A TRÈS DOCTE

ALDO PIO MANUZIO

ROMAIN

EPUIS *que vous êtes parti de Milan, comme je suis logé dans la maison du Très Révérend signor Giacomo Antiquario, je ne vous ai pas autrement rendu compte de l'affaire que vous avez confiée à mes soins, parce que j'ai toujours été guidé par les conseils de ce même signor Antiquario, et vous savez combien il vous aime, avec quelle ardeur il souhaite tout ce qui peut vous rapporter honneur et profit. A cette heure, par les moyens et les influences*

des personnes dont nous avons parlé ensemble, je me suis arrangé de manière
que le succès répondît à votre attente.
Plaise à Dieu que vous atteigniez de
votre côté le but que vous poursuivez, afin
qu'il nous soit donné de voir de nos jours
une Académie qui ait pour objet de conserver en Italie la culture des lettres Grec-
ques et Latines aussi répandue qu'elle
y est aujourd'hui. C'est ce qui rendra
votre nom éternel, quand on verra que
vous avez été le premier dont les impres-
sions ont facilité aux gens studieux
l'étude des deux langues; et vous les y
aidez toujours, non seulement par la
beauté et la netteté de vos caractères,
par la correction de vos livres, mais
encore par le soin que vous mettez a
publier tous les bons auteurs. Vous n'épar-
gnez pour cela ni votre argent, ni votre
travail, ce qui montre bien la grandeur
et la bonté de votre esprit. Que dirai-je
de notre langue vulgaire ! Elle était
plongée dans un tel oubli et les livres
étaient si peu corrects, que si Dante,
Pétrarque et Boccace avaient vu leurs

*œuvres, ils ne les auraient pas reconnues;
vous les avez ramenées à leur correction
primitive. Mais si, comme on l'espère, la
création de l'Académie réussit, les langues Grecque, Latine et vulgaire retrou-
veront leur ancienne pureté, et les arts
libéraux leur antique majesté. Maintenant, comme je sais que vous aurez plaisir
à apprendre que mes Nouvelles deviennent de jour en jour plus copieuses, que
vous avez bien voulu en lire et en recommander quelques-unes tout en m'exhortant à en accroître le nombre, je vous in-
forme que j'en ai écrit beaucoup et je vous
en envoie une que nous raconta il y a peu de
temps messer Lorenzo Gritti chez la signora Ippolita Sforza et Bentivoglia, au
moment où elle venait d'accoucher. Je veux
que cette Nouvelle soit vôtre à jamais,
qu'on la lise sous votre nom; c'est une
manière de commencer à payer quelque
peu toutes les dettes que j'ai contractées
envers vous. Et comment pourrai-je vous
payer autrement qu'avec les pauvres et
maigres produits de mon esprit? Il me
reste à vous rappeler de vouloir bien vous*

*servir de moi, comme de chose vous
appartenant, pour tout ce qu'il m'est possible de faire; et je vous donne l'assurance que si je mène à bonne fin mes
Nouvelles, je ne les confierai qu'à vous
pour que vous les rendiez digne du public; autant pour répondre au vœu que
vous m'avez exprimé que parce que je
sais que vous les publierez, sinon comme
le mérite leur beauté, au moins comme il
convient au nom du très aimable et très
docte Aldo. Portez-vous bien et souvenez-
vous de moi.*

DEUX GENTILHOMMES

Vénitiens sont honnétement trompés par leurs femmes

NOUVELLE XV

A Venise, ma patrie (cette riche cité où les belles et aimables dames sont aussi nombreuses que dans toute autre ville d'Italie), du temps de Francesco Foscari qui la gouvernait avec la plus haute sagesse, vivaient deux jeunes gentilshommes dont l'un se nommait Girolamo Bembo et l'autre était appelé par tout le monde Anselmo Barbadico. Il existait entre eux (comme cela arrive souvent) une inimitié mortelle,

une haine si violente et si vivace qu'ils ne
cessaient de se tendre toutes sortes d'em-
bûches pour se faire réciproquement du
mal et que tout moyen leur était bon
pour se nuire. Leurs querelles, leur riva-
lité avaient été si loin que, de l'avis de
tout le monde, il semblait impossible
qu'ils fissent jamais la paix. Il arriva que
tous deux prirent femme en même temps,
et le hasard fit que ces deux femmes
étaient de très nobles jeunes filles, belles
et gracieuses, qui avaient été nourries
et élevées par une même nourrice, de
façon qu'elles s'aimaient en quelque sorte
comme deux sœurs, comme si elles étaient
issues du ventre de la même mère. La
femme d'Anselmo s'appelait Isotta ; elle
était fille de messer Marco Gradenigo,
homme fort estimé dans notre cité, un
des plus distingués parmi les procura-
teurs de Saint-Marc, bien moins nombreux alors qu'aujourd'hui, parce que les
plus sages citoyens et ceux qu'on jugeait
les meilleurs étaient seuls choisis pour
cette noble et importante magistrature,
que personne n'obtenait ni par intrigue,

ni pour de l'argent. L'autre s'appelait Luzia et avait pris pour mari le second des deux jeunes gens qui, comme je vous l'ai dit, se nommait Girolamo Bembo. Elle était fille de messer Gian Francesco Valerio, chevalier, personnage fort lettré qui avait rempli diverses missions dans l'intérêt de sa patrie et qui, à ce moment même, venait de revenir de Rome où il avait, à la satisfaction de tout le monde, occupé auprès du Souverain Pontife la charge d'orateur. Quand les deux jeunes filles furent mariées et qu'elles connurent l'inimitié qui divisait leurs époux, elles en furent fâchées et attristées ; elles craignaient de ne plus pouvoir entretenir entre elles les relations amicales auxquelles elles étaient habituées depuis leur plus tendre enfance. Cependant, comme elles étaient sages et prudentes, elles prirent la résolution de renoncer à leurs anciennes habitudes, à leur douce familiarité, et de ne plus se voir qu'en temps et lieux convenables. La fortune leur fut en cette circonstance assez favorable, car leurs palais étaient

non seulement voisins mais contigus, et
derrière chacun d'eux se trouvait un jardin qui n'était séparé que par une haie
du jardin d'à-côté; elles pouvaient ainsi
s'apercevoir chaque jour et souvent même
converser ensemble. Outre cela, les gens
des deux maisons, pourvu qu'ils ne fussent pas vus par leurs maîtres, étaient
entre eux en fort bons rapports. Cela
était très agréable aux deux dames, car,
lorsque leurs maris sortaient, elles pouvaient, tout à leur aise, faire la conversation par le jardin, et cela leur arrivait
très souvent. Trois années s'écoulèrent
ainsi sans qu'aucune des deux amies de-
vînt grosse.

Entre temps, Anselmo, qui avait souvent remarqué la gracieuse beauté de
Luzia, se passionna pour elle à tel point
qu'il ne lui semblait plus possible d'être
heureux un seul jour sans la voir. Elle,
qui avait l'esprit vif et délié, s'aperçut
aussitôt de la fantaisie d'Anselmo; aussi,
ne faisant mine ni de l'aimer, ni d'être
indifférente pour lui, elle le tint en suspens pour savoir à quoi aboutirait ce ca-

price. Cependant elle paraissait plutôt
le voir avec plaisir que non. D'un autre
côté, les belles manières, l'air réservé,
la gracieuse beauté d'Isotta plurent à Girolamo, à tel point que jamais dame
ne plut davantage à quelque tendre
amant. Comme il ne pouvait plus vivre
sans la voir, Isotta, qui ne manquait ni
de finesse, ni de malice, ne tarda pas à
s'apercevoir de ce nouvel amour. Elle
était honnête et sage, elle adorait son
mari et ne faisait à Girolamo ni meilleur
ni plus mauvais visage qu'elle n'avait
coutume de faire à quiconque la voyait,
citadin ou étranger, sans la connaître.
Mais il s'enflammait d'heure en heure
davantage, il perdait toute liberté d'esprit, comme il arrive à qui a le cœur
percé des flèches de l'Amour, et il ne
pouvait plus penser qu'à elle.

Les deux amies avaient l'habitude d'aller, presque chaque jour, à la messe à
l'église de San-Fantino, parce que, quand
on se lève tard, on trouve là des messes
jusqu'à midi. Elles se plaçaient à quelque
distance l'une de l'autre, et les deux

amoureux étaient toujours là à se promener de côté et d'autre, de façon que
tous deux se donnèrent la réputation de
jaloux parce qu'on les voyait suivre constamment leurs femmes ; en réalité, ils
cherchaient à s'envoyer l'un l'autre sans
bateau en Cornouailles. Il résulta de tout
cela que les deux tendres amies, sans s'être
fait encore de confidence à ce sujet, résolurent de s'entendre à propos de ces
amours, afin que rien ne vînt troubler
leur mutuelle affection. Un jour donc
qu'aucun des deux maris n'était à la maison, elles allèrent, selon leur coutume,
s'entretenir auprès des haies du jardin.
Dès qu'elles y furent arrivées, elles se
mirent toutes deux à rire, et, après
qu'elles eurent échangé, comme d'habitude, un bonjour amical, donna Luzia
parla en ces termes : — « Ma chère petite
» sœur Isotta, tu ne sais pas encore
» que j'ai à te dire à propos de ton mari
» la plus étonnante nouvelle qui se puisse
» imaginer. — Et moi », répondit aussitôt donna Isotta, « je veux te racon-
» ter, à propos du tien, une histoire qui

» t'intéressera bien, et qui même te met-
» tra peut-être dans une grande colère.
» — Qu'est-ce-donc? qu'est-ce donc? »
s'écrièrent-elles toutes deux. Enfin elles
se dirent ce que pourchassaient leurs
maris, et ne purent s'empêcher d'en rire,
malgré leur colère. Il leur semblait (et
elles avaient bien raison), qu'elles avaient
toutes deux de quoi les satisfaire; elles
se mirent donc à blâmer leur conduite
et à dire qu'ils mériteraient bien d'être
envoyés à Corneto, si elles n'avaient pas
plus d'honnêteté et de sagesse qu'eux.
Après avoir beaucoup causé de tout cela,
elles décidèrent qu'elles n'avaient rien de
mieux à faire que de rester unies et de
voir venir leurs maris. Ayant ainsi déter-
miné la ligne de conduite à suivre, et
s'étant promis de se prévenir chaque jour
de ce qui arriverait, elles résolurent,
pour commencer, d'attirer leurs amoureux par de doux regards et de leur laisser concevoir des espérances. Elles quit-
tèrent ensuite le jardin, et quand il leur
arrivait de les rencontrer soit à San-
Fantino, soit dans les rues de Venise,

elles se découvraient le visage, elles
montraient hardiment une figure riante
et joyeuse. Les deux amoureux, voyant
la bonne mine que leur faisaient leurs
dames, pensèrent que, comme il n'y avait
pas moyen de leur parler, il fallait leur
écrire. Ils trouvèrent des messagères (on
en trouve dans notre ville tant qu'on en
veut) ; chacun d'eux écrivit à sa bien-
aimée une lettre d'amour, dont le con-
tenu disait en somme qu'ils désiraient se
trouver seuls avec leurs dames pour leur
parler en secret. Peu de jours après, tous
deux envoyèrent leurs lettres, presque
en même temps. Quand elles reçurent
ces messages d'amour, les rusées eurent
l'adresse de faire d'abord assez mauvais
visage à celles qui les leur apportaient,
comme elles en étaient convenues entre
elles, mais la réponse qu'elles donnèrent
était plutôt encourageante. Elles s'étaient
communiqué leurs lettres dès qu'elles les
avaient reçues, et en avaient beaucoup
ri entre elles. Tout marchait à leur gré,
chacune garda la lettre de son mari, et
elles convinrent d'un bon tour à leur

jouer, pour se moquer d'eux sans se faire
aucun tort. Écoutez comment elles s'y
prirent.

Elles décidèrent que chacune d'elles,
après s'être fait assez prier, ferait dire à
son galant qu'elle était prête à lui complaire, à condition que la chose restât si
secrète que nul n'en pût rien savoir, et,
pourvu qu'il eût le courage de venir dans
la maison de sa dame quand le mari serait
absent, de nuit toujours, bien entendu,
car le jour il était impossible de ne pas
être vu. D'un autre côté, les deux dames,
toujours malignes, s'entendirent avec
leurs servantes, qu'elles mirent dans le
complot, pour aller l'une chez l'autre par
le jardin ; de la sorte, chacune devait,
enfermée et sans lumière, attendre son
mari et ne se laisser jamais voir ni reconnaître. Tout cela bien arrêté, Luzia la
première fit dire à son amoureux de se
trouver la nuit suivante, à quatre heures,
à la porte du rez-de-chaussée, qui serait
ouverte, d'entrer dans la maison, où une
servante prévenue l'attendrait pour le
conduire dans sa chambre ; Girolamo

devait, en effet, ce soir-là même, monter
en bateau et faire route de nuit pour
Padoue; si, par hasard, il changeait d'a-
vis, elle l'en ferait prévenir. De son côté,
Isotta en fit dire autant à Girolamo; elle
lui donna rendez-vous à cinq heures,
parce qu'Anselmo devait souper ce même
soir avec des amis et coucher à Murano.
A ces nouvelles, les deux amoureux se
considérèrent comme les plus fortunés et
les plus heureux des hommes; il leur
semblait chasser les Sarrazins de Jérusa-
lem, ou bien enlever Constantinople au
Grand-Turc, en adaptant un cimier au
casque de leur ennemi. Ils ne se tenaient
pas de joie, et chaque heure leur paraissait être un jour, tant la nuit leur semblait longue à venir. Elle vint à la fin,
cette soirée si ardemment désirée de tous,
et les maris, enchantés, firent comprendre qu'ils ne pourraient, cette nuit, à
cause d'affaires importantes, rester à la
maison. Les dames, qui voyaient leur
complot en bonne voie, eurent l'air de
croire tout ce qu'on leur dit. Les jeunes
gens montèrent dans leurs barques, ou,

comme nous disons, dans leurs gondoles,
et, après avoir soupé, pour passer le
temps, dans quelque auberge, ils se pro-
menèrent sur les canaux de la ville en
attendant l'heure indiquée. Vers les trois
heures (1), les dames se trouvèrent au
jardin, et après avoir un peu causé et ri
entre elles, se rendirent l'une dans la
maison de l'autre et furent menées par
les servantes dans les chambres à coucher. Pendant qu'il y avait encore de la
lumière, chacune d'elles examina sa chambre avec le plus grand soin, vit tout ce
qu'elle contenait et se grava dans la mémoire avec une attention minutieuse
tout ce qui s'y trouvait de remarquable.
Puis, toutes deux, après avoir éteint le
flambeau, attendirent, non sans trembler
un peu, l'arrivée de leurs maris. A quatre
heures, la servante de Luzia se tenait à
la porte, guettant Anselmo ; il arriva peu
après, fut gravement introduit dans la
chambre et guidé jusqu'au lit. Il faisait
noir comme dans la gueule d'un four, il
n'y avait donc pas de danger qu'Anselmo

(1) Neuf heures du soir.

reconnût sa femme. D'ailleurs les deux dames étaient de même taille et avaient à peu près la même voix, de sorte qu'il eût été très difficile de les distinguer dans cette obscurité profonde. Le bon Anselmo se déshabilla, la dame lui fit l'accueil le plus amoureux ; il croyait tenir dans ses bras la femme de Girolamo, tandis que c'était sa propre femme ; il la baisa mille fois le plus tendrement du monde et reçut d'elle mille doux baisers. Puis il entama l'amoureux combat ; plusieurs fois la lutte recommença, et la dame perdit toujours la partie, à l'extrême plaisir d'Anselmo. Girolamo arriva de son côté à cinq heures de la nuit, et fut mené par la servante dans la chambre, où il se coucha avec sa propre femme, moins heureuse assurément que lui de l'aventure. Les deux jeunes gens, croyant tenir dans leurs bras leurs bien-aimées, voulurent se montrer vigoureux et vaillants ; ils payèrent de leur personne plus qu'ils n'en avaient l'habitude, et opérèrent avec tant d'ardeur, mirent dans leurs embrassements tant de flamme que les deux belles dames (ainsi qu'il plut à Dieu et comme on le vit bien quand le terme fut venu) devinrent grosses de deux enfants mâles ; elles n'en avaient pas encore, et cet évènement les combla de joie et de bonheur.

Ces relations durèrent assez long-temps ; il se passait peu de semaines sans qu'on se retrouvât ensemble ; jamais les deux maris n'eurent le moindre soupçon du tour qui leur était joué, et ils ne pouvaient vraiment pas s'en douter, car jamais il n'y eut de lumière dans les chambres, et les dames refusèrent constamment de les recevoir pendant le jour. Toutes deux avaient déjà le ventre assez gros, ce dont les maris ne se tenaient pas de joie, chacun de son côté, étant persuadé d'avoir planté sur la tête de son ennemi le panache de Corneto. Mais ils avaient tous deux labouré leur propre terrain et non celui d'autrui, l'eau avait suivi son cours régulier, arrosant le domaine qu'elle devait arroser. Les deux fidèles et belles épouses, voyant qu'à cette danse amoureuse elles étaient devenues grosses toutes deux (ce qui ne leur était jamais arrivé), commencèrent à chercher le moyen de se dégager et de faire cesser la plaisanterie; elles craignaient qu'il n'en résultât quelque scandale et que l'inimitié de leurs maris ne s'en accrût. Pendant qu'elles y pensaient, il se produisit tout à fait en dehors d'elles un évènement qui leur donna l'occasion de mettre fin à ces relations, mais non pas comme elles le désiraient.

Une jeune et aimable femme, qui n'avait pas encore vingt ans accomplis, demeurait sur le même canal que les deux dames et non loin de leur maison. Elle était veuve depuis peu, venant de perdre son mari, messer Nicolo Delfino; c'était la fille de messer Giovanni Moro et elle se nommait Gismonda. Outre la dot qu'elle avait reçue de son père et qui était de plus de dix mille sequins, elle possédait encore une bonne somme d'argent, des pierres précieuses, des vases d'argent et nombre d'autres objets que son mari lui avait donnés. Aloïse Foscari, neveu du Doge, avait conçu pour elle

une vive passion et faisait tout ce qu'il
pouvait pour l'épouser. Il tournait autour
d'elle toute la journée, cherchait à se la
rendre favorable, ne cessait de lui envoyer messagers sur messagers, enfin il
sut si bien dire et faire qu'elle consentit
à l'écouter une nuit à une fenêtre qui
donnait sur une petite ruelle peu fré-
quentée. Aloïse, joyeux au delà de toute
expression de cette faveur si désirée,
s'en vint tout seul, la nuit, vers cinq ou
six heures, à l'endroit convenu, et muni
d'une échelle de corde, parce que la
fenêtre était très élevée. Aussitôt il donna
le signal et attendit que la dame lui eût
fait passer, comme il avait été dit, une
ficelle pour monter le bout de l'échelle,
ce qui fut vite exécuté. Il attacha à la
ficelle l'extrémité de son échelle, qu'il vit
bientôt s'élever lentement. Quand Sis-
monda eut en main cette extrémité, elle
la fixa fortement à je ne sais quoi et fit
signe à son amant de monter. L'amour
rendait Aloïse le plus hardi des hommes,
il monta vivement; il était déjà presque
arrivé sur la fenêtre, mais soit qu'il fût

trop pressé d'entrer et d'embrasser la
dame qui s'y trouvait, quelle que fût la
cause enfin, il tomba en arrière à la ren-
verse, après s'être efforcé vainement à
deux ou trois reprises de se raccrocher à
l'échelle. Il fut cependant assez heureux
pour ne pas tomber sur les dalles qui
bordaient le canal : autrement, il se tuait
sur le coup. La chute fut néanmoins si
violente, qu'il se rompit à peu près tous
les membres et se fit à la tête une plaie
profonde. Après cette chute épouvantable, le malheureux se tint pour mort,
et cependant le véritable et fervent
amour qu'il portait à la veuve eut plus
de puissance sur lui que l'extrême douleur résultant du choc qu'il avait reçu et
lui donna la force de vaincre la faiblesse
de ses membres rompus et brisés. Il se
leva du mieux qu'il put et, se serrant fortement la tête pour empêcher le sang de
couler là et pour ne pas nuire à la réputation de sa dame, il s'en vint vers les
maisons d'Anselmo et de Girolamo ci-
dessus nommés. Il y parvint à grand'-
peine et, ne pouvant pas aller plus loin

se laissa tomber à terre, en proie à des douleurs atroces; il s'évanouit et resta comme mort; il avait perdu beaucoup de sang par la plaie qu'il s'était faite à la tête et il était étendu à terre de telle façon, que quiconque l'aurait vu n'aurait pu prendre son corps pour autre chose qu'un cadavre. Gismonda, que ce terrible accident avait désespérée et qui craignait que son malheureux amant ne se fût cassé le cou, se consola quelque peu quand elle l'eut vu partir et ramena l'échelle dans sa chambre.

Mais revenons au pauvre Aloïse; à peine était-il tombé en défaillance qu'un capitaine des gardes de nuit arriva avec ses sbires. Il trouva l'homme étendu par terre, le reconnut pour Aloïse Foscari, le fit enlever du lieu où il gisait et, le croyant tout à fait mort, ordonna de le porter dans une église voisine, ce qui fut fait immédiatement. D'un autre côté, après avoir examiné le lieu où il l'avait trouvé, il pensa que Girolamo Bembo ou Anselmo Barbadico, devant la maison desquels l'homicide lui paraissait avoir

été commis, était peut-être le meurtrier.
Une chose le confirmait encore dans
cette opinion : c'est qu'il avait entendu
je ne sais quel tapage de pieds à l'une
des deux portes. Il partagea donc sa
troupe en deux sections, qu'il envoya
l'une d'un côté, l'autre de l'autre, et fit
cerner du mieux qu'il put les deux maisons. Le hasard voulut que, par quelque
négligence des servantes, il trouva les
deux portes ouvertes. Cette nuit-là, les
deux amoureux étaient entrés l'un dans
la maison de l'autre pour coucher avec
leurs femmes. Dès qu'elles entendirent le
bruit des pas des sbires et le vacarme
qu'ils faisaient dans la maison, les deux
dames sautèrent à bas du lit, empor-
tèrent sur l'épaule leurs vêtements et
rentrèrent chez elles par le jardin sans
avoir été vues ; puis elles attendirent,
toutes tremblantes, quelle serait la fin de
l'histoire. Girolamo et Anselmo, ne sachant ce que signifiait tout ce tapage,
furent saisis par les sbires de la Seigneurie pendant qu'ils se hâtaient de s'ha-
biller dans l'obscurité, si bien que Giro-

lamo, surpris dans la chambre d'Anselmo
et Anselmo dans celle de Girolamo, restèrent entre les mains de la justice. Cela
ne laissa pas d'étonner extrêmement le
capitaine et ses gens, qui connaissaient
bien leur inimitié. On alluma beaucoup
de torches, et la stupéfaction des deux
gentilshommes fut bien plus grande encore quand ils virent qu'ils avaient été
faits prisonniers presque nus dans la
maison l'un de l'autre. La colère ne
manqua pas, comme on peut bien se le
figurer, de se joindre à la surprise. Mais
ils éprouvaient surtout une irritation
extrême contre leurs femmes, les plus
innocentes des femmes cependant, et ils
se regardaient comme des dogues. On les
emmena et ils arrivèrent à la prison
avant d'avoir pu se douter le moins du
monde du motif de leur incarcération.
Quand ils apprirent ensuite que c'était
comme meurtriers d'Aloïse Foscari et
pour s'être volés l'un l'autre, quoiqu'ils
ne fussent ni meurtriers ni voleurs, ils
éprouvèrent un très vif chagrin en voyant
que tout Venise, qui connaissait bien

leur irréconciliable inimitié, saurait qu'ils
étaient devenus camarades, ce dont ils ne
voulaient d'aucune façon. Ils ne pouvaient songer à se parler, à cause de la
haine mortelle qu'ils avaient l'un pour
l'autre, et cependant ils roulaient tous
les deux au même moment dans leur tête
les mêmes pensées. A la fin, pleins d'une
vive colère contre leurs femmes et se
trouvant en un lieu obscur où la lumière
du soleil ne pouvait pénétrer, ce qui
diminuait leur confusion, ils en vinrent,
je ne sais comment, à se parler, et après
s'être juré, avec les plus horribles ser-
ments, de se dire la vérité, comment ils
avaient été trouvés l'un dans la chambre
de l'autre, chacun d'eux raconta franchement de quelle façon il s'y était pris pour
devenir l'amant de la femme de son voisin; ils entrèrent à ce sujet dans les plus
menus détails. Cela les amena à considérer leurs femmes comme deux des plus
éhontées catins de Venise; par mépris
pour elles, ils oublièrent leur ancienne et
violente inimitié, firent la paix et devinrent amis; puis, comme il leur semblait

qu'ils ne pourraient jamais plus affronter
les regards des hommes, ni marcher à
Venise le visage découvert, ils en eurent
tant et tant de chagrin qu'ils auraient
de beaucoup préféré la mort à la vie.
Enfin, comme ils ne voyaient rien qui
pût les soutenir ou les réconforter dans
leur douleur et qu'ils n'y trouvaient pas
de remède, ils tombèrent dans un désespoir profond et ils imaginèrent un moyen
qui leur parut propre à mettre à la fois
fin à leurs tourments, à leur honte et à
leur vie. Ils concertèrent donc entre eux
une fable, afin de se faire passer pour
les meurtriers d'Aloïse Foscari, la discu-
tèrent longtemps et s'arrêtèrent à ce
cruel et barbare parti; ils s'y complurent
à chaque instant de plus en plus et attendirent le moment de comparaître devant
la justice.

Foscari avait été, comme je vous l'ai
déjà dit, porté pour mort dans une église
et particulièrement recommandé au cha-
pelain. Messire le prêtre le fit mettre
au milieu de la nef, alluma auprès de lui
deux petits cierges et, quand tout le

monde fut parti, résolut, pour ne pas se
fatiguer, de s'en retourner dans son lit
qui devait être encore tout chaud et d'y
dormir le reste de la nuit. Mais songeant
que les cierges, qui n'étaient pas entiers
et qui étaient fort courts, ne pouvaient
pas brûler pendant plus de deux ou trois
heures, il en prit deux grands et les mit
à la place de ceux qui étaient presque
consumés, afin d'avoir l'air de prendre
bien soin du mort, s'il venait un de ses
parents ou quelque autre personne. Il
allait sortir quand il vit le corps remuer
tant soit peu ; il lui sembla même, en le
regardant bien en face, lui voir ouvrir un
peu les yeux ; le prêtre fut fort effrayé et
sur le point de crier et de s'enfuir. Cependant, faisant bonne contenance, il
s'approcha du corps, lui mit la main sur
la poitrine, sentit battre le cœur et tint
dès lors pour certain que cet homme
n'était pas mort, bien qu'il ne lui sem-
blât plus avoir qu'un faible reste de vie,
à cause de la grande quantité de sang
qu'il avait perdue. Il appela un sien collègue qui était déjà au lit, et bien douce-

ment, le mieux qu'il put, aidé par ce collègue et par un clerc, il porta Foscari dans la chambre où lui-même couchait d'habitude, tout près de l'église. Ensuite, il fit venir un maître chirurgien qui habitait dans le voisinage et lui fit examiner avec soin la plaie de la tête. Le chirurgien la visita adroitement et avec attention ; il débarrassa de son mieux la plaie du sang qui s'était déjà corrompu, reconnut qu'elle n'était pas mortelle et y appliqua des huiles et des essences précieuses, de telle sorte qu'Aloïse reprit presque entièrement connaissance. Il lui frotta encore le corps, qui était tout brisé, avec un baume très réconfortant, et le laissa reposer. Le prêtre dormit tranquillement jusqu'au point du jour, et, porteur de cette bonne nouvelle que Foscari était vivant, il alla retrouver le capitaine qui le lui avait donné en garde. Il apprit que ce capitaine était allé au palais de Saint-Marc parler au prince ; il s'y rendit, et, introduit dans la salle d'audience, fit grand plaisir au duc en lui certifiant que son neveu vivait, au

moment même où le capitaine venait de
lui apprendre la triste nouvelle de sa
mort. Le prince ordonna qu'un des offi-
ciers des gardes de nuit se rendrait à une
heure convenable, accompagné de deux
excellents chirurgiens, auprès du blessé
pour se renseigner sur ce qui lui était
arrivé ; qu'on ferait appeler le chirurgien
qui l'avait déjà soigné et que les trois
médecins ordonneraient de concert tout
ce qui serait nécessaire à la guérison de
son neveu. L'officier des gardes et les
deux médecins se mirent donc en marche,
quand le moment leur parut propice,
mandèrent à la maison du prêtre celui
qui avait donné les premiers soins au
blessé, et ayant appris de lui que la plaie,
bien que dangereuse, n'était pas mortelle, ils entrèrent tous dans la chambre
où reposait le jeune homme. Ils le trouvèrent éveillé et, quoiqu'il fût encore un
peu étourdi, se mirent aussitôt à lui demander comment l'accident était arrivé,
l'exhortant à tout raconter franchement ;
le premier médecin leur avait déjà dit,
ajoutèrent-ils, que cette plaie n'avait pas

été faite par une épée, mais qu'elle devait avoir été produite par une chute d'un lieu élevé, ou par un coup de masse ; que cependant, autant qu'il pouvait en juger, il croyait plutôt qu'il s'était brisé la tête en tombant de haut. Aloïse, à cet interrogatoire des médecins, pris à l'improviste, dit, sans trop y penser, quelle était la hauteur de la fenêtre et qui habitait la maison. Mais à peine eut-il parlé qu'il en fut bien désolé. L'extrême douleur qu'il en éprouva rappela complètement ses esprits et il résolut de mourir plutôt que de dire un mot qui pût nuire à la réputation de Gismonda. L'officier de garde lui demanda ce qu'il allait chercher à pareille heure et à une fenêtre si élevée dans la maison de dame Gismonda ; le jeune homme ne pouvait se taire, et, ne sachant que dire, à cause de la qualité de celui qui l'interrogeait, il décida aussitôt que, puisque sa langue avait parlé inconsidérément, son corps devait en subir la peine ; qu'avant de laisser faire une tache, si petite qu'elle fût, à l'honneur de la dame qu'il aimait mieux que

sa propre vie, il mettrait son honneur et
sa vie entre les mains de la justice. Il
répondit donc : « J'ai déjà dit, et je suis
» loin de le nier, que je suis tombé des
» fenêtres de la maison de Madame Gis-
» monda Mora. Qu'allais-je chercher là
» à pareille heure, puisqu'aussi bien je
» suis mort, je vais vous le dire. J'ai
» pensé que Madame Gismonda, jeune,
» veuve, et sans hommes dans la maison
» pour la défendre, pouvait être facile-
» ment volée par moi : on dit, en effet,
» qu'elle a beaucoup d'argent et de bi-
» joux ; j'ai voulu tout dérober, j'ai été
» assez adroit pour attacher une échelle
» à la fenêtre, et je suis monté, bien
» résolu à tuer quiconque aurait tenté de
» s'opposer à mes desseins et de me faire
» résistance. Mais le malheur a voulu
» que mon échelle, qui n'était pas bien
» fixée, tombât avec moi ; j'ai cru pou-
» voir m'en retourner chez moi avec
» cette échelle de corde et je me suis
» évanoui en chemin je ne sais où. »
L'officier de garde, qui était messire Domenico Maripetro, fut très étonné de ce

discours ; il en fut très affligé, parce que
tous ceux qui étaient dans la chambre (et
ils étaient nombreux, comme il arrive en
pareil cas), l'avaient entendu, il ne put
donc faire autrement que de dire : —
« Aloïse, ta folie a été grande, et j'en suis
» très fâché ; mais je dois plus à la patrie et
» à mon honneur qu'à qui que ce soit. Tu
» resteras donc ici sous la garde d'un
» homme que j'y laisserai ; si tu n'étais
» pas à l'extrémité comme tu t'y trouves,
» je te ferais immédiatement conduire
» en prison, ainsi que tu le mérites. » Il
le laissa donc là sous bonne garde et se
rendit de suite au Conseil des Dix, magistrature suprême qui jouit dans notre
ville d'une grande autorité, et, trouvant
les membres du Conseil réunis, leur
exposa l'affaire en détail. Les chefs du
Conseil, qui avaient déjà entendu bien
des plaintes à propos des nombreux vols
qui se commettaient la nuit dans la ville,
ordonnèrent à un de leurs capitaines de
tenir sous bonne garde Aloïse Foscari
dans la maison du prêtre, jusqu'à ce qu'il
fût en état de pouvoir être interrogé

et contraint par la torture à dire la vérité ;
car ils tenaient pour certain qu'Aloïse
devait avoir commis bien d'autres vols,
ou, du moins, qu'il devait savoir qui
étaient les coupables. Il fut ensuite question de l'arrestation de Girolamo Bembo,
trouvé au milieu de la nuit presque nu
dans la chambre d'Anselmo Barbadico,
et d'Anselmo Barbadico, trouvé en
même temps, dans le même état, dans la
chambre de Girolamo Bembo, tous deux
amenés à la prison. Le Conseil ayant à
traiter d'affaires plus importantes, à propos de la guerre que Venise soutenait
alors contre Filippo Maria Visconti, duc
de Milan, il fut convenu qu'on s'occupe-
rait d'eux une autre fois ; en attendant, il
devaient être interrogés.

Le Prince assistait à la séance du Conseil, et il était un de ceux qui avaient
parlé le plus sévèrement contre son
neveu. Néanmoins, il pouvait bien difficilement croire que ce neveu, très riche,
très honorable, se fût abaissé au point
de devenir un vil et misérable voleur.
Après avoir mûrement réfléchi à tout

cela, il trouva moyen de faire parler dans le plus grand secret à Aloïse, et il fit tant qu'il obtint de lui la vérité tout entière. D'un autre côté, Anselmo et Girolamo, interrogés par des envoyés de la Seigneurie, délégués à cet effet, sur la question de savoir ce qu'ils faisaient l'un chez l'autre à pareille heure, déclarèrent qu'ils avaient souvent vu passer Aloïse Foscari devant leurs maisons à des heures indues ; que cette nuit-là, par hasard, sans s'être concertés, ils l'avaient vu s'arrêter là, et qu'alors persuadés, chacun de son côté, qu'il venait pour sa femme, ils étaient sortis tous deux, l'avaient assailli et tué. Ils firent cette déclaration à part l'un de l'autre, comme ils en étaient convenus ensemble. Pour expliquer ensuite comment on les avait trouvés chacun d'eux dans la maison de son voisin, ils racontèrent je ne sais quelle histoire assez mal imaginée et dans laquelle ils se contredirent. Le Duc, auquel on rendit compte de tout, restait plongé dans un extrême étonnement et ne savait tirer la vérité au clair.

Sur ces entrefaites, le Conseil des Dix
se réunit, selon l'usage, avec ses membres adjoints ; quand on eut fini de traiter les affaires courantes, le Prince, un
homme d'une grande prudence, d'un
esprit élevé, et qui était parvenu à la position qu'il occupait en passant par tous
les degrés de la magistrature, dit, au
moment où chacun allait se retirer :
« Seigneurs, il nous reste à traiter une
» affaire comme peut-être on n'en a ja-
» mais vu. Nous sommes saisis de deux
» accusations, et, si je ne me trompe, la
» fin sera loin d'être ce que croient bien
» des gens. Anselmo Barbadico et Giro-
» lamo Bembo, qui ont toujours été ani-
» més l'un contre l'autre d'une haine
» mortelle, à eux transmise par leurs
» pères, et qu'ils ont en quelque sorte
» héritée d'eux, ont été pris par nos
» sbires à moitié nus et l'un dans la
» maison de l'autre ; sans avoir été tor-
» turés, sans même avoir été menacés
» de la torture, sur une simple demande
» de nos délégués, ils ont franchement
» confessé avoir tué devant leurs maisons

» Aloïse, notre neveu. Bien que notre
» neveu soit vivant, et qu'il n'ait été
» frappé ni par eux, ni par d'autres, ils
» se déclarent ses meurtriers. Qui peut
» savoir ce qui s'est passé? Notre neveu,
» de son côté, a dit qu'en allant pour
» voler dans la maison de Madame Gis-
» monda Mora, prêt à tuer qui se se-
» rait opposé à ses desseins, il est tombé
» des fenêtres à terre. Comme il s'est
» commis beaucoup de vols dans notre
» ville, sans qu'on ait découvert les vo-
» leurs, on pourrait, sur les apparences,
» croire qu'il en est l'auteur; on devrait
» donc lui arracher la vérité par la tor-
» ture et, s'il est coupable, lui infliger le
» sévère châtiment qu'il mérite. Mais,
» quand on l'a trouvé, il n'avait ni
» échelle, ni armes d'aucune sorte; on
» peut donc penser que les faits se sont
» passés autrement. Comme la modéra-
» tion a toujours été chose morale, excel-
» lente, recommandée par tout le monde;
» comme d'un autre côté la justice,
» quand elle n'est pas justement rendue,
» devient injuste, il nous paraît juste

» d'examiner ces étranges évènements
» plutôt avec modération qu'avec ri-
» gueur. Pour que vous soyez bien sûrs
» que je ne vous parle pas ainsi sans
» avoir mes raisons, écoutez ce que j'ai
» encore à vous dire : Ces deux ennemis
» mortels confessent un crime qui ne
» peut pas avoir été commis, car, encore
» une fois, notre neveu vit, et la plaie
» qu'il a n'a pas été faite par le fer ; il l'a
» reconnu. Qui sait si la honte d'avoir
» été surpris l'un dans la chambre de
» l'autre, si la mauvaise conduite de
» leurs femmes ne leur fait pas mépriser
» la vie et désirer la mort ? Nous trou-
» verons dans tout cela, si l'enquête se
» fait avec soin, tout autre chose que ce
» que le vulgaire pense. Il faut donc
» examiner cette affaire avec la plus
» grande attention, et cela d'autant plus
» que leurs aveux ne présentent pas le
» moindre caractère de vraisemblance.
» D'un autre côté, notre neveu s'accuse,
» lui aussi, d'être un voleur, et, de plus,
» il déclare qu'il voulait entrer dans la
» maison de dame Gismonda Mora avec

» la résolution bien arrêtée de tuer qui
» s'opposerait à ses desseins. Là encore
» il y a, à notre avis, anguille sous
» roche. Jamais Aloïse n'a passé pour se
» souiller de pareilles infamies, jamais
» même le moindre soupçon ne l'a ef-
» fleuré. Vous savez tous que, grâce à
» Dieu, il est assez riche de son propre
» bien pour n'avoir pas besoin du bien
» d'autrui. Ses larcins sont probablement
» d'une autre nature que ceux qu'il dé-
» clare. Il nous semble donc, Seigneurs,
» que, si cela vous agrée, il serait bon
» de nous laisser le soin d'éclaircir ces
» faits ; nous vous donnons notre foi que
» nous les soumettrons au plus sérieux
» examen, et nous espérons conduire
» l'affaire de façon à ne pas mériter de
» justes reproches. Le jugement définitif
» vous sera d'ailleurs réservé. »

Les membres du Conseil entendirent
avec grand plaisir les sages paroles du Duc,
et furent d'avis à l'unanimité de lui laisser
non seulement le soin d'instruire l'affaire,
mais encore celui de prononcer la sentence. Alors, le sage Prince, déjà pleine-

ment renseigné en ce qui concernait son neveu, chercha seulement à savoir, s'il le pouvait, pourquoi Bembo et Barbadico s'accusaient si facilement de ce qu'ils n'avaient pas fait. Après bien des démarches et des recherches, quand son neveu était déjà assez bien rétabli pour pouvoir aller se promener, s'il eût été libre, il crut avoir suffisamment éclairci le cas des deux maris prisonniers, et fit part au Conseil des Dix de tout ce qu'il avait découvert. Puis il fit répandre dans Venise le bruit qu'Anselmo et Girolamo seraient décapités et Aloïse pendu, et il attendit venir les femmes.

Aussitôt la nouvelle divulguée, on la commenta dans la ville de diverses façons, et il n'était question d'autre chose dans les réunions publiques ou privées. Comme les trois victimes désignées appartenaient à de très honorables familles, leurs parents et leurs amis se mirent à rechercher s'il n'y avait aucun moyen de les tirer de là. Mais les aveux que tous les trois avaient faits furent connus du public; on exagéra le mal (comme cela

arrive toujours) ; on disait que Foscari
avait avoué des vols nombreux, si bien
qu'il ne se trouvait plus ni parent ni ami
qui osât intercéder en faveur des coupables. Madame Gismonda, qui avait amèrement déploré le malheur de son amant,
finit par apprendre la confession qu'il
avait faite ; elle comprit bien que, pour
ne pas faire une tache à son honneur, à
elle, il avait préféré perdre lui-même
l'honneur et la vie ; elle sentit alors son
cœur s'enflammer d'amour pour lui, à
en mourir. Elle trouva moyen de lui
faire parler et lui dit d'avoir bon courage
et bon espoir, car elle avait résolu de ne
pas le laisser mourir, mais de déclarer la
chose telle qu'elle était, de montrer
comme preuve à l'appui, toutes les lettres
d'amour qu'il lui avait écrites, et de produire devant la justice l'échelle de corde
qui était restée dans sa chambre. Quand
Aloïse connut les témoignages d'amour
que s'apprêtait à lui donner sa dame
pour le sauver, il se trouva l'homme le
plus heureux du monde, et après lui
avoir envoyé mille remercîments, il lui

fit promettre que, dès qu'il serait sorti
de prison, il la prendrait pour sa femme
légitime. La dame en éprouva un extrême plaisir, car elle aimait plus que la
vie son cher amant.

Quand Madame Luzia et Madame
Isotta apprirent que leurs maris allaient
mourir et qu'elles connurent le cas de Madame Gismonda, dont Luzia savait quelque chose par je ne sais quelle femme,
elles devinèrent ce qui était arrivé. Elles
convinrent alors de faire ce qu'il faudrait
pour sauver leurs maris, et, étant mon-
tées en gondole, allèrent trouver Madame
Gismonda. Toutes les trois s'étant communiqué leurs aventures, elles demeurèrent d'accord pour veiller au salut de
leurs hommes. Les deux femmes mariées
étaient devenues, depuis la mise en prison de leurs maris, l'objet de la haine de
leurs parents et de leurs amis dans leurs
deux familles, car tout le monde croyait
qu'elles étaient deux femmes de rien.
Aussi personne ne leur avait fait visite,
personne n'avait cherché à les consoler
dans leur malheur. Quand se répandit

le bruit de l'exécution prochaine des prisonniers, elles firent dire à leurs parents de ne pas s'en préoccuper, de ne rien faire, de n'avoir aucune inquiétude, mais de conserver bon courage, car elles avaient toujours été très honnêtes femmes, et leurs maris n'éprouveraient par leur faute ni honte ni dommage. Elles les prièrent seulement de s'arranger pour qu'un de Messieurs les Avogadors se chargeât de l'affaire, et que pour le reste on leur laissât le soin de tout, disant qu'elles n'avaient besoin ni de procureurs ni d'avocats. Cela parut fort étrange aux parents ; ils ne savaient que penser en présence d'un si affreux scandale et d'un tel déshonneur. Cependant ils s'empressèrent de faire ce qui leur était demandé et, quand ils apprirent que le Conseil des Dix avait remis *in petto* au Prince le soin d'instruire l'affaire, ils adressèrent à ce même Prince une supplique au nom des trois dames, qui ne désiraient pas autre chose qu'une audience de lui.

Le Prince, voyant que ses prévisions se réalisaient et que tout allait bien, indi-

qua le jour où elles comparaîtraient
devant lui et devant les membres du
Conseil des Dix. Au jour fixé, le Conseil
se réunit; tout le monde était désireux
de savoir le dénouement du procès. Ce
même matin, les trois dames, assez bien
accompagnées, se rendaient au Palais et,
en passant par la place Saint-Marc, elles
entendirent qu'on disait beaucoup de
mal d'elles. Des gens peu réservés
(comme le sont les hommes du peuple),
criaient : « Voilà de gentilles et honnêtes
» dames, saluez-les bien poliment; sans
» faire sortir leurs maris de Venise, elles
» les ont envoyés la tête la première à
» Corneto, et elles n'ont pas honte de se
» laisser voir, les effrontées putains; on
» croirait vraiment qu'elles ont fait œuvre
» pie. » D'autres leur lançaient d'autres
sarcasmes, chacun disait son mot. Quelques-uns, en voyant Madame Gismonda,
crurent qu'elle allait à la Seigneurie pour
appeler en justice Aloïse Foscari, de
telle sorte que personne ne se doutait de
la vérité. Dès que les trois dames furent
arrivées au Palais et qu'elles eurent

gravi le haut escalier de marbre, on les
conduisit dans la grande salle du Conseil, où le Duc les avait convoquées pour
son audience, et l'on y fit entrer avec
elles leurs plus proches parents. Le Prince
voulut, avant de laisser parler qui que
ce fût, que les trois prisonniers fussent
aussi amenés. Il vint encore beaucoup
d'autres gentilshommes qui avaient le
plus grand désir de voir la fin de ces
surprenantes aventures. On fit silence,
et le Prince, se tournant vers les dames,
leur dit : « Vous nous avez fait adresser
» une supplique, nobles dames, pour
» obtenir de nous une audience publique;
» nous voici tout prêt à écouter patiem-
» ment ce que vous voulez nous dire. »
Les deux maris présents étaient dans une
grande colère contre leurs femmes, et leur
sang bouillait d'autant plus qu'ils les
voyaient se présenter hardies, le front
haut, devant ce terrible tribunal, si ma-
jestueux, si vénérable, comme si elles
étaient les plus honnêtes et les plus ver-
tueuses femmes du monde. Les deux
fidèles épouses ne s'aperçurent que trop

du courroux de leurs maris, mais ne s'en effrayèrent pas autrement; au contraire, elles se mirent à sourire entre elles et à remuer la tête par un mouvement familier aux femmes, comme si elles se moquaient d'eux. Anselmo, un peu plus vif, plus coléré, plus impétueux que Girolamo, se mit alors dans une telle rage que bien des gens sont morts pour n'en avoir pas tant ressenti; sans aucun égard pour la majesté du lieu, il adressa à sa femme les plus fortes injures et fut au moment de courir sur elle et de lui enfoncer ses doigts dans les yeux; s'il l'avait pu, il lui aurait fait un mauvais parti. Madame Isotta, en se voyant si honteusement insulter par son mari devant tant de seigneurs, ne perdit pas courage; elle demanda au Prince, qui déjà la lui avait donnée, la permission de parler, et, le visage calme, la voix tranquille, elle commença en ces termes :

« Sérénissime Prince, et vous, magni-
» fiques Seigneurs, puisque mon cher
» mari se plaint de moi si méchamment,
» je pense que Girolamo Bembo a pour

» sa femme les mêmes dispositions; si
» on ne leur répondait pas, chacun croi-
» rait qu'ils ont dit la vérité et que nous
» nous sommes rendues coupables de
» quelque grand crime. C'est pourquoi,
» Excellentissimes Seigneurs, je dirai,
» avec votre permission, au nom de Lu-
» zia et au mien tout ce qu'il faut dire
» en ce moment pour nous défendre,
» pour défendre notre honneur. Ce que
» je vais révéler n'est pas ce que je m'é-
» tais proposé de vous dire d'abord; si
» mon mari s'était tu, si, dominé par la
» colère, il n'avait pas eu recours à l'in-
» jure, j'aurais parlé d'une autre façon
» pour les sauver tous deux et pour nous
» justifier. Je m'efforcerai cependant,
» autant que le permettront mes faibles
» forces, d'atteindre l'un et l'autre but.
» Je dis donc que nos maris se plaignent
» de nous, contrairement à leur devoir
» et au bon sens, comme je vais vous le
» faire toucher du doigt. Je suis sûr que
» leur douleur, que l'amer chagrin qu'ils
» éprouvent provient de deux causes,
» sans qu'il y en ait aucune autre : d'a-

» bord de l'homicide qu'ils ont fausse-
» ment déclaré avoir commis, et puis
» de la jalousie qui leur ronge le cœur.
» Ils croient que nous sommes des fem-
» mes impudiques parce que chacun
» d'eux a été pris dans la chambre, pres-
» que dans le lit de l'autre. Mais, s'ils
» avaient trempé leurs mains dans le
» sang d'autrui, si le souvenir d'un pareil
» crime les affligeait, les tourmentait,
» en quoi cela nous importerait-il, pour
» Dieu, à nous qui ne les avons ni con-
» seillés, ni aidés, qui n'avons même rien
» su de cette horrible action ? Je ne vois
» vraiment pas quel blâme nous pour-
» rions, nous autres, mériter à ce
» propos ; je vois encore moins qu'ils
» puissent se plaindre de nous à cette
» occasion : on sait assez que celui qui
» fait le mal ou qui entraîne à le faire
» doit, comme le prescrivent les saintes
» Lois, en porter la peine, subir le châ-
» timent mérité et servir d'exemple aux
» autres pour qu'ils aient à s'abstenir de
» pareils méfaits. Mais pourquoi insister
» davantage sur ce sujet ? Les aveugles

» eux-mêmes verraient bien que le droit
» est pour nous, et cela d'autant mieux
» que, grâce à Dieu, messer Aloïse vit et
» qu'il affirme tout le contraire de ce
» qu'ont sottement avoué nos maris, peu
» aimables pour nous. Quand même ils
» se seraient oubliés au point de souiller
» leurs mains du sang de qui que ce soit,
» il nous appartiendrait raisonnablement
» de nous lamenter, de nous plaindre
» d'eux qui, issus de nobles familles, gen-
» tilshommes de cette noble cité, tou-
» jours libre, toujours vierge de l'étran-
» ger, seraient devenus des brigands, des
» meurtriers, des misérables, en impri-
» mant une telle tache au front de leurs
» illustres familles et en nous laissant
» veuves à la fleur de notre âge. Ils se
» plaignent encore de nous parce que
» chacun d'eux a été vu et pris dans la
» chambre de l'autre au milieu de la
» nuit. Je crois que c'est là le nœud de
» la question, la cause et l'origine de
» toute leur colère, de toute leur souf-
» france. Je vous le dis en vérité, et je
» le sais bien, c'est là le clou qui leur

» perce le cœur et ils n'ont pas d'autre
» sujet de désolation. C'est pour cela que
» ces hommes, faute de s'être rendu de
» tout un compte exact, d'avoir pris le
» temps de réfléchir, sont tombés dans
» le désespoir et se sont accusés d'avoir
» fait ce qu'ils ne firent jamais, ce qu'ils
» n'eurent même jamais la pensée de
» faire. Mais, pour ne pas jeter mes
» paroles au vent, pour n'avoir pas à
» répéter ce que j'ai à dire, enfin pour
» ne pas vous occuper longtemps de ces
» querelles, vous autres, Messeigneurs,
» qui avez à traiter les affaires de l'État,
» je vous demande en grâce, je vous
» supplie, excellentissime Prince, de faire
» dire à nos maris pourquoi ils se plai-
» gnent de nous avec tant de violence. »

Le Duc fit interroger les deux hommes
par un des Seigneurs qui siégeaient; ils
répondirent tous deux que la certitude
d'avoir pour femmes des courtisanes,
tandis qu'ils les avaient crues honnêtes
comme elles devaient l'être, avait excité
leur colère et leur avait rongé le cœur à
tel point que, ne pouvant ni supporter

tant d'infamie, ni affronter les regards
des autres hommes, ils avaient été amenés, à force de désirer la mort, à avouer
ce qu'ils n'avaient jamais fait. En entendant ces mots, Madame Isotta reprit la
parole et, s'étant tournée vers son mari
et vers Bembo, elle s'exprima ainsi :

« Qu'avez-vous à nous reprocher ?
» C'est à nous à nous plaindre de
» vous. Qu'alliez-vous chercher à pareille
» heure, mon mari, dans la chambre de
» ma chère compagne ? Qu'y avait-il là
» de plus que dans la vôtre ? Et vous,
» messer Girolamo, qui vous forçait à
» abandonner le lit de votre femme pour
» venir occuper pendant la nuit celui de
» mon mari ? Les draps n'étaient-ils pas
» aussi blancs, aussi fins, aussi propres et
» aussi bien parfumés dans l'un que dans
» l'autre ? Je me plains pour ma part très
» vivement de mon mari, sérénissime
» Prince, et je me plaindrai éternelle-
» ment de lui qui, pour jouir d'une autre
» que moi, m'a quittée et est allé ailleurs,
» car je ne suis pas estropiée et je puis
» compter parmi les belles femmes de

» notre ville. Madame Luzia se plaint
» comme moi et vous voyez qu'elle peut,
» elle aussi, être mise au nombre des
» belles femmes du pays. En vérité, cha-
» cun de vous devait se contenter de sa
» femme et non pas l'abandonner, comme
» vous l'avez méchamment fait, pour
» chercher meilleur pain que le pain de
» froment. La belle chose que de quitter
» pour d'autres des femmes belles, bonnes
» et honnêtes! Vous vous plaignez de
» vos femmes, vous devriez ne vous
» plaindre que de vous, ne vous lamen-
» ter que sur vous et avoir dans votre
» chagrin une patience extrême, parce
» qu'ayant chez vous ce qu'il vous fal-
» lait, vous avez cherché à vous tromper
» l'un l'autre avec vos amours, comme
» si vous étiez ennuyés et dégoûtés de
» ce que vous aviez dans votre maison.
» Mais, grâce à Dieu et à notre sagesse,
» la honte et le dommage, s'il y en a eu
» dans tout cela, sont entièrement pour
» vous. Par la Croix de Dieu, je ne vois
» pas qu'il vous soit plus permis de faire
» mal, à vous autres hommes, qu'à nous,

I   II

» bien que, grâce à la lâcheté de notre
» sexe, vous ayez toujours la prétention
» de faire ce qui vous plaît davantage.
» Vous n'êtes pas nos maîtres et nous
» ne sommes pas vos esclaves, nous vou-
» lons trouver en vous des époux, et les
» très saintes lois du mariage (premier
» sacrement institué par Dieu en faveur
» des mortels après la création du
» monde) veulent que la fidélité soit égale
» et que le mari soit tenu d'être fidèle à
» sa femme, comme elle à lui. De quoi
» venez-vous donc vous plaindre ? Si un
» âne frappe un mur, il reçoit le coup.
» Ne saviez-vous pas que la balance de
» la justice doit être égale et ne pas pen-
» cher d'un côté plus que de l'autre ?
» Mais laissons cela et venons au motif
» pour lequel nous nous sommes présen-
» tées ici. Deux causes nous ont con-
» duites en votre sublime présence,
» équitable Prince, et en celle de ces
» vénérables Seigneurs : autrement nous
» n'aurions jamais osé nous montrer
» ainsi en public, et j'aurais eu bien
» moins encore l'audace de parler devant

» cet auguste auditoire, honneur réservé
» seulement aux hommes les plus habiles
» et les plus éloquents, et non pas à
» nous qui sommes à peine bonnes pour
» manier l'aiguille et le fuseau. Nous
» sommes sorties de nos maisons d'abord
» pour faire connaître que nos maris
» n'ont pas été les meurtriers ni de mes-
» ser Aloïse, qui est ici, ni d'aucun
» autre, et nous avions à produire pour
» le prouver des témoignages suffisants
» et dignes de foi. Mais il est inutile de
» nous y attarder, la présence de messer
» Aloïse nous dispense de ce soin et on
» ne dit pas que personne d'autre ait été
» tué. Nous avions encore un autre
» motif et le voici : Madame Luzia et moi
» nous supplions humblement le séré-
» nissime Prince et les excellentissimes
» Seigneurs de nous réconcilier avec nos
» maris et de nous faire rentrer en grâce
» auprès d'eux, quand nous leur aurons
» fait toucher du doigt ces vérités que
» nous sommes les offensées, qu'ils sont
» les offenseurs et que notre faute (si ce
» que nous avons fait peut s'appeler une

» faute) a été exactement ce qu'ils ont
» voulu qu'elle fût. Pour conclure, je dis
» que j'ai entendu, depuis ma plus tendre
» enfance, ma mère, de sainte mémoire,
» me répéter, ainsi qu'à mes sœurs et à
» Madame Luzia, qui a été élevée avec
» nous, que tout l'honneur qu'une femme
» peut faire à son mari consiste à vivre
» honnêtement, qu'une femme sans pu-
» deur n'est pas digne de vivre, d'autant
» plus que si la femme d'un gentilhomme
» ou de tout autre abandonne son corps à
» autrui, elle devient une femme de rien,
» elle est partout montrée au doigt, et
» son mari est blâmé et méprisé par tout
» le monde ; car c'est là le plus sanglant
» affront, la plus grande honte qu'un
» homme puisse recevoir d'une femme
» et le plus cruel déshonneur que puis-
» sent subir les familles. Nous n'avions
» pas oublié ces leçons, nous ne voulions
» pas voir nos maris se laisser entraîner
» par leurs appétits déréglés à quelque
» mauvaise action, et pour rester hon-
» nêtes et fidèles en les trompant, nous
» avons pris le parti qui nous a semblé

» le moins mauvais. Je sais qu'il est inu-
» tile de rappeler ici l'inimitié qui a
» divisé les pères de nos maris et qui
» s'est malheureusement perpétuée jus-
» qu'à eux ; toute notre ville la connaît
» assez. Nous avons, nous, été nourries
» ensemble depuis le berceau ; quand
» nous avons connu cette inimitié, nous
» avons fait de nécessité vertu, et nous
» avons préféré nous priver de nos douces
» relations que de leur donner l'occasion
» de quereller chez eux. Mais la proxi-
» mité de nos demeures nous permit de
» nous voir et de nous parler malgré la
» haine qui nous l'interdisait. Quand nos
» maris n'étaient pas là, il nous arrivait
» assez souvent d'aller causer ensemble
» par nos jardins, que sépare une simple
» petite haie de roseaux. Tout en usant
» discrètement de cette facilité, nous
» nous aperçûmes que vous, nos maris,
» étiez amoureux l'un de la femme de
» de l'autre ou que peut-être vous faisiez
» semblant de l'être ; nous nous fîmes
» part entre nous de vos amours et nous
» avons toujours lu ensemble les billets

» doux que vous nous faisiez passer.
» Nous ne voulûmes pas vous faire honte
» de votre déloyauté envers nous, vos
» femmes (vous l'auriez cependant bien
» mérité), parce que nous aurions été,
» en vous prévenant, contre notre vœu
» le plus cher, qui était de vous voir
» devenir amis; car vous dire un mot de
» ces poursuites, c'était accroître la haine
» qui existait entre vous et vous mettre
» les armes à la main. Sans prendre
» conseil d'autres que de nous-mêmes,
» nous tombâmes complètement d'ac-
» cord, après avoir reconnu que nos
» plans pouvaient être mis à exécution
» sans honte ni préjudice pour per-
» sonne, mais au grand plaisir et à la
» satisfaction de tout le monde. Toutes
» les nuits où vous faisiez mine d'être
» retenus dehors, Luzia, aidée par ma
» servante Cassandra, venait dans ma
» chambre en passant par le jardin, et
» moi, avec l'aide de Giovanna, sa ser-
» vante, je passais dans sa chambre;
» vous autres, ensuite, conduits auprès
» de nous, vous couchiez chacun avec

» votre femme et vous cultiviez votre
» propre champ et non celui d'autrui,
» comme vous le croyiez. Comme vos
» embrassements étaient des embrasse-
» ments d'amoureux et non de maris,
» comme vous y mettiez bien plus d'ar-
» deur que de coutume, nous nous
» sommes trouvées grosses toutes les
» deux, ce qui doit vous être extrême-
» ment agréable, si vous avez, autant
» que vous l'avez dit, le désir d'avoir
» des enfants. Si aucun autre crime ne
» vous tourmente, si votre conscience
» ne vous fait pas d'autre reproche, si
» vous n'avez pas d'autre sujet de cha-
» grin, vivez dans l'allégresse et remer-
» ciez-nous de notre malice et de la
» façon aimable dont nous nous sommes
» moquées de vous; si jusqu'ici vous
» avez été ennemis, déposez votre an-
» cienne haine, faites la paix entre vous,
» vivez à l'avenir en bons amis, après
» avoir fait le sacrifice de votre inimitié
» à la patrie qui, en bonne et tendre
» mère, voudrait voir tous ses fils ani-
» més les uns pour les autres de bons

» sentiments. Maintenant, pour que vous
» ne croyiez pas que j'aie inventé pour
» votre salut et pour notre profit ce que
» je viens de dire, voici toutes les lettres
» que vous nous avez envoyées. »

Elles donnèrent ensuite, l'une après l'autre, tant de preuves et de témoignages à leurs maris; elles démontrèrent si bien au Prince et aux Seigneurs la vérité de leur langage, que les deux maris se déclarèrent satisfaits et que tous les membres du Conseil se tinrent pour complètement éclairés; ils décidèrent d'une voix unanime qu'Anselmo et Girolamo devaient être rendus à la liberté. Ainsi, du commun consentement du Prince et des Seigneurs, ils furent entièrement absous.

Cette longue histoire avait plongé dans l'étonnement tous les parents des maris et des femmes qui l'avaient entendue; ils approuvèrent absolument la décision prise, restèrent persuadés de la sagesse des dames et admirèrent l'éloquence d'Isotta, qui avait si bien su défendre sa cause, ainsi que celle des deux maris

et de sa compagne. Anselmo et Girolamo, pleins de joie, donnèrent en public mille et mille baisers à leurs femmes;
ils se serrèrent la main, s'embrassèrent
et se promirent d'être à l'avenir des
frères l'un pour l'autre. Ils restèrent dans
la suite les meilleurs amis du monde,
l'amour charnel qu'ils avaient porté aux
dames se changea en une amitié frater-
nelle, et ces nouvelles furent accueillies
dans toute la ville avec un plaisir extrême.

Quand tous ceux qui assistaient à
l'audience se furent calmés, le prince se
tourna d'un air affable vers Madame Gismonda et lui dit : « Et vous, ma belle
» enfant, que demandez-vous ? Parlez
» sans crainte, nous vous écouterons
» avec plaisir. » Madame Gismonda, toute
rougissante et plus belle encore qu'à
l'ordinaire à cause du carmin naturel
qui s'était répandu sur ses joues, tint
quelques instants les yeux baissés; elle
les releva ensuite et, ayant pris un peu
de courage, elle dit :

« Sérénissime prince, si je devais par-

» ler devant des personnes qui n'aient
» jamais aimé ou qui ne sachent pas ce
» que c'est que l'amour, je me trouve-
» rais bien en peine pour dire ce que j'ai
» à dire ; peut-être même n'oserais-je
» pas ouvrir la bouche. Mais j'ai entendu
» raconter autrefois à mon père, d'heu-
» reuse mémoire , que vous-même ,
» prince sérénissime , n'avez pu vous
» empêcher, dans votre jeunesse, de
» laisser votre cœur s'ouvrir aux flammes
» de l'amour, que vous avez même été
» un amant passionné ; d'un autre côté,
» je tiens pour certain qu'il n'y a ici
» personne qui n'ait aimé peu ou beau-
» coup, et je me persuade que je trou-
» verai auprès de tous, pour ce que je
» vais dire, indulgence et pardon. Je
» viens au fait ; à Dieu ne plaise qu'en
» voulant me faire passer pour une dé-
» vote, pour une de ces femmes qui
» toute la journée mangent des pate-
» nôtres, conversent avec les saints, et
» enfantent des diables, je me rende
» coupable d'ingratitude ! Car je sais que
» l'ingratitude est comme un vent qui

» dessèche et qui fait tarir la source de
» la miséricorde divine. La vie m'est
» chère, comme la nature l'a rendue
» chère à tout le monde ; après la vie, je
» ne tiens à rien tant qu'à mon honneur,
» que je devrais peut-être même lui pré-
» férer, car il n'y a pas le moindre doute
» qu'on ne peut vivre heureux sans
» honneur : vivre ainsi pour un homme
» ou pour une femme, avec une tache de
» honte sur le front, c'est la mort dans
» la vie. Mais l'amour que je porte à
» celui que j'aime uniquement, à cet
» Aloïse Foscari que vous voyez là,
» m'est plus cher que toute autre chose
» et, par conséquent, je l'aime bien plus
» que ma vie. Ce n'est pas sans d'excel-
» lentes raisons. Quand bien même je
» n'aurais pas été aimée de lui dans le
» passé, comme il m'a effectivement
» aimée, de tout son cœur ; quand bien
» même je ne l'aurais pas aimé et chéri,
» comme je l'ai aimé et chéri, plus que
» mes yeux ; la preuve d'amour qu'il
» m'a donnée dans les circonstances
» présentes, la générosité qu'il a montrée

» en sacrifiant sa vie pour que je ne sois
» pas même effleurée par un soupçon
» d'impudicité, font que mon devoir est
» de l'aimer à jamais, incomparablement
» plus que ma vie et que mon âme elle-
» même. Où a-t-on jamais vu qu'un
» amant ait agi avec une si noble géné-
» rosité ? Qui a jamais de son propre
» gré voulu mourir pour ne pas ternir la
» réputation d'autrui ? Certes, je crois
» qu'il n'y a pas de gens de cette sorte
» ou qu'ils sont bien rares, plus rares
» que les corbeaux blancs. O générosité
» étonnante et inouïe ! O preuve d'amour
» qu'on ne pourra jamais assez louer !
» O amour, véritable amour, où l'om-
» bre même d'une feinte ne se peut
» imaginer ! Messer Aloïse, plutôt que
» de faire la moindre tache à ma répu-
» tation, plutôt que de laisser dans l'es-
» prit de quelqu'un le moindre doute,
» le moindre soupçon sur moi, s'est
» reconnu voleur de sa propre volonté,
» tenant ainsi plus de compte de moi et
» de mon honneur que de son honneur
» et de sa vie. Il aurait pu se sauver de

» mille manières, et cependant dès qu'il
» eut déclaré, encore tout étourdi de sa
» chute, qu'il était tombé de mes fenêtres,
» et qu'il s'aperçut combien cet aveu
» pouvait faire tort à ma réputation et
» en troubler la pureté, il préféra mourir
» que de dire une parole qui pût en
» aucune façon donner de moi mauvaise
» opinion ou me noter même de la plus
» légère tache d'infamie. Aussi, ne pou-
» vant revenir sur ce qu'il avait dit de sa
» chute, ni trouver un prétexte conve-
» nable pour l'expliquer, il se résolut à
» sauver, en se perdant lui même, la ré-
» putation d'une autre. S'il a exposé
» sans hésitation sa vie à un si extrême
» danger pour mon bien, s'il a pris plus
» de soin pour me conserver l'honneur
» que pour sauvegarder sa vie, hésiterai-
» je, moi, entre mon honneur et son
» salut ? Mais que dis-je ? Mon honneur,
» ma vie, mille vies, si je les avais, je les
» donnerais pour le sauver ; et je retrou-
» verais encore la vie mille milliers de
» fois, que je la risquerais mille fois si
» je savais qu'il pût en tirer le moindre

» plaisir. Je me désole et je me désolerai
» toujours de ne pas pouvoir faire plus
» que ne me le permet ma faiblesse. S'il
» mourait, je ne pourrais certainement
» pas vivre ; que ferais-je en ce monde,
» s'il n'y était pas ? Je ne crois pas d'ail-
» leurs, équitable prince, perdre pour cela
» un atome d'honneur, parce qu'étant,
» comme on peut le voir, jeune et veuve,
» et cherchant à me remarier, il m'était
» permis d'aimer et de me laisser re-
» chercher, dans l'unique but de trouver
» un mari d'un rang assorti au mien.
» Mais, quand même je perdrais l'hon-
» neur, pourquoi ne le perdrais-je pas
» pour celui qui, voulant sauver le mien,
» comme je l'ai tant de fois répété, a
» fait le sacrifice du sien? Je viens au
» fait et je déclare, avec tout le respect
» que je vous dois, qu'il n'est pas vrai
» que messer Aloïse soit jamais venu
» chez moi pour me voler ou contre mon
» gré. Il y est venu avec mon consente-
» ment, en qualité d'amant bien aimé,
» tendrement chéri. Si je ne lui avais
» pas permis de venir, comment aurait-

» il fait pour monter si haut une échelle
» de corde, et pour la fixer de manière
» à ce qu'il pût s'en servir ? Cette cham-
» bre est celle où je couche ; comment
» la fenêtre était-elle ouverte à pareille
» heure, si je ne le voulais pas ? C'est
» moi qui, avec l'aide de ma servante
» et après lui avoir descendu la corde à
» laquelle il attacha son échelle, ai re-
» monté cette échelle en haut ; c'est moi
» qui, après l'avoir attachée de façon à
» ce qu'elle ne pût se défaire, ai fait signe
» à messer Aloïse de monter. Mais son
» malheureux sort et le mien ont voulu
» que, sans avoir même pu me toucher la
» main, il fut, à mon extrême désespoir,
» précipité en bas. Allons, avoue que ta
» confession était fausse, que tu n'es
» pas un voleur, et dis les choses telles
» qu'elles sont, puisque je n'ai pas honte,
» moi, de les avouer. Voici les lettres, en
» si grand nombre, qu'il m'a écrites
» pour me demander un entretien,
» pour me prier d'être sa femme. Voici
» l'échelle qui est restée jusqu'ici dans
» ma chambre ; voici ma servante qui

» a tout vu, qui m'a toujours aidée. »

Messer Aloïse, interrogé par les seigneurs, dit la vérité ; il fut donc aussi acquitté et il déclara son intention de prendre sa chère amante pour légitime épouse. Le prince l'approuva hautement,

Tous les parents des deux parties allèrent à la maison de Madame Gismonda, où le mariage eut lieu à la satisfaction générale ; les noces furent magnifiques, somptueuses au delà de toute expression, et messer Aloïse vécut longtemps avec sa femme dans une sainte union. Madame Luzia et Madame Isotta mirent au monde, lorsque leur terme fut venu, deux beaux petits garçons, ce qui contribua à accroître encore la joie de leurs pères, qui vécurent tranquillement avec leurs mères et restèrent unis comme deux frères. Ils causaient souvent, en riant entre eux, du bon tour que leur avaient sagement joué leurs femmes. L'habile conduite du prince fut chaudement approuvée par tout le monde à Venise ; elle accrut beaucoup sa réputation de prudence. Et en vérité, ce fut le plus sage des princes; il agrandit notablement par son habileté, par ses bons avis, le territoire de la République, qui, à la fin, lui en témoigna, sans qu'il l'eût mérité, peu de reconnaissance, car on le déposa et on lui retira la dignité ducale, parce qu'il était trop vieux.

LE BANDELLO

A VAILLANT SEIGNEUR

LE SIGNOR FRANCESCO CANTELMO,

DUC DE SORA

E lendemain du jour où je suis parti de Mantoue et arrivé à Gazuolo, le bon et obligeant messer Paris Ceresaro, votre ami et le mien, m'envoya par un de ses serviteurs la lettre que vous m'avez écrite de Milan. Elle m'a été plus agréable que je ne saurais vous le dire, et je ne trouve en vérité pas d'expressions pour vous peindre le plaisir qu'elle m'a fait. Comme je serai bientôt à Milan où je séjournerai quelque temps, je ne répondrai pas autrement à

*la dernière partie de cette lettre, parce
que, quand nous serons ensemble, je ferai
bien mieux de vive voix que je ne le
pourrais par lettres ce que vous désirez;
je me porte garant que nous obtiendrons
le tout sans la moindre peine, et d'autant
plus aisément que celui dont les services
vous sont utiles, a besoin de la protection
de l'illustrissime Monseigneur de Lau-
trec, protection que vous lui procurerez
facilement puisque votre client ne demande rien que de juste et d'honnête, et
que vous êtes tout puissant sur l'esprit de
Monseigneur, comme vous le méritez par
vos rares qualités et votre dévouement
assidu. Je reviens à votre lettre; pensez
si elle pouvait m'arriver mieux et plus à
propos qu'à Gazuolo. Aussitôt que j'eus
achevé de la lire, je la mis entre les
mains de notre très obligeant signor
Pirro Gonzaga, en lui disant exactement
ces paroles : « Si j'étais maintenant à
» Mantoue ou ailleurs, au reçu de cette
» lettre, je monterais à cheval et je cher-
» cherais à vous rejoindre où vous seriez
» pour être utile au signor Francesco;*

» *que ferai-je donc maintenant que je*
» *suis en votre présence, vous le penseᶎ*
» *bien.* » *Il lut aussitôt la lettre et me*
dit en riant : — « *Tiens, voici ta lettre :*
» *ne me dis pas un mot, car je ne ferai*
» *rien de ce dont tu me parleras, mais je*
» *ferai tout ce que le signor Francesco*
» *te demande.* « *Il ajouta ensuite :* » *Puis*
» *qu'il se prépare à aller à la cour du*
» *Roi Très Chrétien, il passera par*
» *Milan où vous obtiendreᶎ tout ce que*
» *vous désireᶎ; peut-être irons-nous en-*
» *semble.* » *Il me reste à répondre à la*
troisième partie de votre lettre, où vous
me prieᶎ de vous communiquer quelques-
unes de mes Nouvelles. J'avais l'intention
d'attendre que je fusse à Milan, mais
j'ai pensé que je pouvais vous satisfaire
dès à présent; je vous envoie donc le
récit d'une aventure qui vient d'arriver à
Mantoue et que j'ai écrite ces jours-ci,
après l'avoir entendu raconter en pré-
sence de Madame Isabella d'Este, mar-
quise de Mantoue, par messer Alessandro
Orologio, secrétaire de l'illustrissime et
révérendissime signor Gismondo Gon-

ʒaga, cardinal de Mantoue. Je vous l'adresse, et je veux qu'elle soit vôtre en témoignage de l'amitié que je vous porte. A Milan, je vous en montrerai beaucoup d'autres que j'ai dédiées à plusieurs de mes amis ou de mes protecteurs, n'ayant pas d'autres moyens de prouver combien je suis reconnaissant. Portez-vous bien.

AVENTURE RÉCENTE

d'un amant qui posséda une dame à laquelle

il ne pensait plus

NOUVELLE XVI

E dont le vaillant messer Lodovico Guerrero da Fermo a parlé, il y a peu de temps, m'a rappelé, très noble Damé, une histoire qui est arrivée l'hiver dernier dans cette ville de Mantoue. Et puisque Votre Seigneurie m'oblige à lui conter des Nouvelles, bien que ce ne soit pas mon métier, je lui dirai celle-ci qui se présente à mon esprit. Nous avons vu et senti, nous tous qui sommes ici, le froid rigoureux et

excessif qu'il a fait cet hiver. Quant à
moi, je ne me rappelle pas en avoir
jamais éprouvé de plus violent ; les neiges
ont été en extrême abondance dans toute
la Lombardie, tout le monde a grelotté
d'une fière façon, et spécialement à Mantoue, qui est exposée aux vents du Nord ;
le froid a été si intense et les neiges si
persistantes que chacun en était aba-
sourdi. Le lac, ordinairement si limpide,
qui embrasse notre ville et l'entoure de
ses eaux, s'était transformé en un dur
cristal. L'agréable et estimable Mincio,
qui, en coulant dans nos joyeuses cam-
pagnes, offre d'ordinaire aux habitants
le plus charmant coup d'œil, était transformé en une glace épaisse ; on l'aurait
cru changé en verre limpide. Que dirons-
nous du roi des fleuves ? Le magnifique
Pô, arrêté dans son cours impétueux et
devenu de marbre, avait ses eaux con-
densées par la violence du froid, et son
large lit fournissait un pont très solide à
qui voulait le traverser. Vous pouvez en
porter témoignage, excellentissime Dame,
car vous êtes descendue à Borgo-Forte

sur les eaux congelées du fleuve, et vous
êtes passée à pied sur l'autre rive, en
compagnie de beaucoup de nos gentilshommes et de la plupart des belles demoiselles qui sont ici. Il était donc inter-
dit aux barques de naviguer sur le Pô,
sur le lac, encore moins sur le Mincio,
de sorte que nos compatriotes de Mantoue qui ont leurs terres de l'autre côté
du Pô ne pouvaient pas utiliser les pro-
visions et les produits de toutes sortes
qu'ils en retirent. Vous savez aussi que
les Vénitiens, aidés par les Français,
avaient mis le siège devant Vérone, que
défendait pour l'empereur Maximilien,
à qui cette ville appartenait, le vaillant
et noble signor Marco Antonio Colonna,
capitaine renommé par sa bravoure et
célèbre par ses talents militaires. Tant
qus dura le siège (et il dura plusieurs
mois), les soldats Français et les Vénitiens saccagèrent beaucoup de nos fermes, ils en brûlèrent plusieurs et, tout le
long du jour, ils volaient et emportaient
au camp ce qu'ils trouvaient dans la campagne de propre à la nourriture des

hommes ou des chevaux. Comme on ne pouvait rien faire venir d'au delà du Pô, et que toutes nos terres du côté de Vérone étaient complètement ruinées, il y eut à Mantoue une disette extrême, et ce qui manquait le plus, c'était la nourriture des animaux, car il était impossible de trouver à prix d'argent ni foin, ni paille, ni avoine.

Pendant que notre ville était réduite à cette extrémité, il arriva qu'un de nos gentilshommes, jeune garçon bien élevé et convenablement pourvu des dons de la fortune, qui avait ses domaines de l'autre côté du Pô, se trouvait avoir à l'écurie trois montures, et ne savait comment faire, les fourrages lui manquant tout à fait. Un jour qu'il se promenait à travers la ville, il se mit à causer avec ses serviteurs et à chercher le moyen de nourrir ses chevaux, puisqu'il n'avait plus un brin de paille chez lui et qu'on ne trouvait rien à acheter. Au cours de la conversation, un de ses gens lui dit : « Maître, j'ai vu amener, il n'y a pas » une heure, une charretée de foin dans

» telle rue ; le bouvier l'a arrêtée devant
» la maison d'un tel. Il pourrait vous en
» prêter ou vous en vendre une partie
» jusqu'à ce que vous puissiez amener le
» vôtre de la ferme. Voici le froid qui
» commence à diminuer un peu et le Pô
» sera bientôt navigable. » Le jeune
homme, après avoir entendu ces paroles,
se décida à faire demander un peu de ce
foin par un de ses amis : il ne parlait pas
à cet homme parce qu'il avait fait la cour
à sa femme ; le mari s'en était aperçu,
était devenu jaloux et ne le regardait
pas d'un bon œil. Tout en causant de la
sorte, il prit la rue qui menait à celle où
était le foin, et voyant que l'heure était
avancée (la nuit commençait à venir),
qu'on ne déchargeait pas la charrette, il
pensa qu'on devait attendre au lendemain matin pour cette besogne. Il dit
donc à ses serviteurs : « Je crois que la
» charrette restera cette nuit dans la
» rue ; si le cœur vous en dit, quand il
» sera cinq ou six heures, nous viendrons
» ici, nous remplirons de foin quelques
» sacs et nous les emporterons à la mai-

» son. » Les valets promirent d'obéir.
Quand l'heure fut venue, le jeune homme
se mit en route avec les sacs, en disant :
« Que Dieu me le pardonne, c'est le
» besoin qui me pousse, et je rendrai
» au maître de ce foin bien plus que la
» valeur de ce que je lui aurai pris. Mes
» chevaux auront de quoi vivre pour six
» ou sept jours, nous aurons quelque
» chose à leur donner et ils ne mour-
» ront pas si tôt. » Il faisait la nuit
la plus obscure du monde et on n'entendait personne dans la rue ; le
gentilhomme pensa qu'il aurait toute
facilité de faire ce qu'il avait décidé, et,
avec quatre serviteurs qui l'accompa-
gnaient, il se mit à faire remplir secrètement et en toute hâte de ce foin mal
gardé les sacs qu'il avait apportés. Comme
ils étaient tous occupés à ce pillage,
voici qu'ils entendirent dans la rue quelqu'un venant de leur côté ; ils se cachèrent derrière le foin et se tinrent cois.
Celui qui venait était un gentilhomme,
l'amant d'une belle dame, femme du pro-
priétaire du foin, et qui devait coucher

avec elle cette nuit-là parce que le mari
était absent de Mantoue. Ne s'apercevant de rien, il fit le signal convenu
pour entrer dans la maison; une des
servantes de la dame ne tarda guère à se
montrer à une fenêtre basse qui était
presque en face du foin; elle appela à
demi-voix l'amant par son nom et lui
dit : « Il faut que vous ayez un peu de
» patience, messer; il est arrivé ce soir
» sur le tard à la maison un parent du
» mari de Madame; il n'est pas encore
» allé se coucher et il a fallu préparer
» pour lui la chambre où vous aviez
» l'habitude d'aller. Je sais bien que rien
» ne pouvait arriver à Madame qui lui
» causât plus d'ennui, mais il y a remède
» à tout, excepté à la mort; malgré ce
» contretemps, nous avons le petit cabi-
» net d'en bas, dont la fenêtre donne
» sur le jardin : il est préparé pour vous,
» c'est celui où vous êtes allé une fois
» déjà pour vous cacher quand le maître
» est rentré à l'improviste le jour de
» Sainte-Osanna. Promenez-vous un peu
» dans la rue pour que le froid ne vous

» engourdisse pas, et je viendrai vous
» ouvrir la porte quand je pourrai le
» faire sans danger. » Le jeune homme,
qui était caché avec ses serviteurs derrière le foin, entendit ces paroles, et il en
conclut que si la dame, longtemps recherchée et courtisée par lui, n'avait pas
voulu se rendre à ses désirs, c'est qu'elle
en aimait un autre. Il lui vint alors à
l'esprit qu'il pourrait bien, au moyen de
quelque ruse, s'introduire auprès d'elle
et il se dit : « Mon rival cherche tout le
» contraire de ce que je cherche ; il vou-
» drait remplir le lit du maître de foin,
» tandis que j'en vide sa charrette ; mais
» le gourmand compte sans son hôte,
» car je déchargerai le foin et je char-
» gerai la dame. » Il ne tarda pas à donner suite à ses projets ; l'appétit concupiscible s'était éveillé en lui et son ancien
amour s'était rallumé. Quand il vit que
son rival, qui était seul, s'éloignait de la
maison en se promenant, il appela à voix
basse ses serviteurs et leur dit de le
suivre en menant grand bruit avec leurs
pieds. Le premier galant, qui ne voulait

pas être vu en cet endroit, sortit de la
rue et prit un autre chemin; il craignait
même que ceux qui le suivaient ne
fussent des sergents de justice. Le jeune
homme au foin, s'étant avisé du fait, le
laissa aller à ses affaires et plaça deux de
ses serviteurs à un bout de la rue et deux
à l'autre. Cette rue où la dame demeurait
était fort courte et donnait dans deux
autres rues. Les serviteurs étant à leur
poste, leur maître leur recommanda
d'interdire l'entrée de la rue à qui que
ce fût, puis il vint se placer auprès de la
porte de la maison de la dame, en attendant que la servante vînt l'ouvrir. Il connaissait très bien les êtres de la maison
et savait par où l'on parvenait à la petite
chambre. La dame ne pensait à autre
chose qu'à faire entrer son amant; elle
fit tout ce qu'elle put pour que le parent
de son mari allât vite se coucher, ainsi
que ses deux serviteurs; quand elle y eut
réussi, elle dit à la servante d'aller voir
si son amant était encore dans la rue.
Le jeune homme, qui prêtait l'oreille
aux plus petits bruits, entendit qu'on

s'approchait de la porte; il se douta de ce que c'était et, se faisant un cœur de lion, attendit que la porte s'ouvrît. La servante se mit à la fenêtre comme la première fois et cracha bien doucement; le jeune homme, aussitôt, fit le signal qu'il avait entendu faire à son rival; la fille ouvrit la porte et le jeune homme voulut, en entrant, dire je ne sais quoi. Mais la servante lui mit la main sur la bouche et lui dit à voix très basse de ne point parler à cause de ces étrangers qui venaient seulement de se retirer dans leurs chambres. Elle ferma la porte avec précaution, prit le jeune homme par la main et le mena dans le cabinet; puis, après l'avoir fait entrer, elle retourna auprès de sa maîtresse, qui causait au coin du feu dans la salle avec les autres gens de la maison, et lui fit signe que son bon ami était là et qu'il l'attendait. Le jeune homme, à peine introduit dans le cabinet, n'eut rien de plus pressé que d'éteindre la lumière qui y brûlait pour n'être pas reconnu tout de suite. Ayant donc éteint la chandelle, il ôta son épée

et la mit près du lit, qui était fort bien
dressé et sur lequel il s'assit, tout en pensant à la manière dont il devait se conduire avec la dame au premier moment.
Quand celle-ci sut que son amant ou
celui qu'elle prenait pour tel était entré,
elle envoya chacun se coucher et ne
voulut sortir elle-même de la salle que
lorsque tout le monde l'eut quittée. En en
sortant, elle entra dans sa chambre avec
la servante, confidente de son amour.
Elle y resta quelque temps afin de donner à tous ses gens le temps de rentrer
chez eux, puis descendit toute seule un
escalier et vint doucement, sans lumière,
au cabinet où elle était attendue, qu'elle
ouvrit avec les clefs qu'elle avait sur elle
et dont elle referma aussitôt la porte.
« Comment, » dit-elle, « vous êtes ici sans
» lumière ?   et elle voulut allumer· la
chandelle au feu qui était dans le foyer
de la chambre ; mais ce feu était presque
éteint ; le jeune homme vint à sa ren-
contre, il la prit amoureusement dans
ses bras, et, l'ayant tendrement baisée,
il lui dit : « Soyez la bienvenue, mon

» âme » Et la dame, le baisant et le re-
baisant mille fois, lui répondit : —
« Vous êtes le bienvenu, mais laissez-
» moi allumer la chandelle et raviver le
» feu, car vous devez être mort de froid. »
Le jeune homme s'était réchauffé au feu
qui brûlait lorsqu'il était entré, puis il
avait éparpillé le bois pour l'éteindre,
afin qu'il ne donnât pas de clarté ; pour
le même motif, il ne se souciait pas que
la chandelle fût allumée. Aussi, tout en
articulant des mots entrecoupés, en baisant tendrement la dame et faisant mine
d'être ivre de l'amour qu'elle lui inspi-
rait, il la poussa sur le lit, et là, sans
parler assez distinctement pour se laisser
découvrir, il passa un bon moment à
satisfaire les désirs amoureux de sa belle,
à l'extrême contentement de l'un et de
l'autre. La dame, soit que le parler
inusité du jeune homme qui n'osait pas
faire entendre sa voix, lui inspirât quelque soupçon, soit qu'elle s'aperçut du
changement de couteau, quelle qu'en fût
la cause enfin, voulut savoir si elle venait de se divertir avec son amant ou

avec un autre; elle lui dit donc : « Je vais
» souffler le feu et rallumer la chan-
» delle. Il fait grand froid et je ne veux
» pas que nous restions sans lumière. »

Le jeune homme ne répondit pas un
mot, mais il prit courage et se prépara à
se tirer d'affaire le mieux qu'il pouvait,
persuadé que, dès que la dame l'aurait
vu, ils en viendraient aussitôt aux mains.
La dame se leva et descendit du lit, puis
elle prit la chandelle et l'alluma ; enfin
elle ranima le feu et rapprocha les tisons,
remit du bois, de façon que toute la
chambre fut éclairée. Le jeune homme,
feignant de vouloir dormir, se mit à plat
ventre sur le lit ; dans cette position, il
ne faisait pas le moindre mouvement.
La dame, le voyant ainsi couché, crut
qu'il tombait de sommeil et que, fatigué
des travaux accomplis, il avait besoin de
repos. Elle ne voulait pas l'éveiller ; elle
s'assit donc près du feu, attendant qu'il
se réveillât de lui-même et conservant
toujours quelque soupçon. L'attente, si
courte qu'elle fût, lui parut bientôt très
longue ; voulant sortir du doute qui la

tourmentait, elle s'approcha du lit, mit
les mains sur les épaules du jeune
homme et lui dit en le secouant légère-
ment : « Debout, dormeur que tu es, ce
» n'est pas le moment de sommeiller ;
» allons, allons, éveille-toi. » Le galant,
arrivé à ce pas et voyant qu'il ne pouvait
plus rien cacher, fit mine d'être tout en-
dormi et s'écriant, comme le font ceux
dont le sommeil est interrompu malgré
eux, s'écria : « Hélas ! qui est là ? qui
» m'éveille ? » et il tourna la figure vers
la dame en se frottant les yeux. Elle le
reconnut aussitôt et voyant avec qui elle
avait couché, elle demeura étourdie, im-
mobile comme une statue et ne sachant
que dire. Le jeune homme sauta en bas
du lit, prit dans ses bras la dame plus
morte que vive, et la porta sur le lit avec
une foule de caresses et de douces paroles.

A ce moment, la servante, qui peut-
être avait envie de dormir et qui avait
l'habitude de se coucher dans la chambre de la dame, quand celle-ci était avec
son amant, ouvrit la porte du cabinet

dont elle avait la clef et entra. Elle vit
que les deux amants n'étaient pas encore
déshabillés et ne sachant rien de la
fraude commise : « Holà, » dit-elle, « que
» faites-vous ainsi de ne pas pas vous
» déshabiller et vous mettre au lit ? Il
» est bien temps de se reposer, je vais
» vous aider à ôter vos habits. » Alors la
dame, qui commençait à reprendre ses
esprits, s'écria en pleurant amèrement :
« Hélas, petite sœur, je suis trahie. Vois
» un peu entre les mains de qui je suis
» tombée. Malheureuse, infortunée que
» je suis, je n'aurai plus de joie dans cette
» vie. Je ne serai plus jamais une dame
» et je n'oserai plus jamais me montrer
» en public. » La servante, qui entendait ces lamentations, ne savait pas à
quel propos sa maîtresse prononçait de
telles paroles ; enfin, elle s'approcha,
reconnut le jeune homme et fut sur le
point de crier ; mais elle se souvint
qu'elle pouvait être entendue par le parent du mari et se retint, puis elle se mit
à se désoler avec la dame et à pleurer
avec elle à chaudes larmes. Le jeune

homme, qui avait toujours tenu dans ses
bras la dame larmoyante et désolée et
qui n'avait jamais voulu la lâcher, malgré
les efforts qu'elle avait faits pour se dégager, la réconfortait et la baisait en la
retenant ; il la câlinait, la caressait et
lui disait : « Mon âme, mon cœur, ne
» vous agitez pas, ne vous fâchez pas si
» j'ai cherché à conquérir par ruse et par
» surprise ce que je n'avais encore pu
» obtenir de vous, ma vie, par une lon-
» gue et fidèle recherche. Ne dites pas,
» ma chère maîtresse, que vous avez été
» trahie par moi ; mais accusez l'amour
» qui m'a embrasé pour vous d'un feu si
» ardent qu'il ne m'a laissé de repos ni le
» jour ni la nuit. C'est lui qui m'a appris
» à m'introduire ici, c'est lui qui m'a
» enseigné le chemin, qui m'a conduit,
» qui m'a guidé. Il y a plus de cinq ans,
» vous le savez bien, que j'ai été séduit
» par vos rares beautés, par vos belles
» manières, par votre grâce incompa-
» rable, et j'ai dépensé une grande par-
» tie de ma jeunesse à vous suivre pas à
» pas, sans avoir jamais eu de vous un

» regard d'encouragement. Bien que je
» vous aie toujours trouvée dure, cruelle,
» rebelle à mes désirs, je n'ai jamais été
» ébranlé dans mes fermes résolutions ;
» il me semblait au contraire que mon
» amour devenait de plus en plus vif et
» ardent. Je ne pensais à autre chose ni
» le jour ni la nuit ; mon esprit n'avait
» d'autre préoccupation que de trouver
» les voies et moyens d'acquérir vos
» bonnes grâces et d'imaginer un remède
» à la vie misérable que me faisaient le
» martyre que je souffrais et le cha-
» grin qui me dévorait. Je ne pouvais
» ni ne savais éteindre le terrible in-
» cendie que vos beaux yeux » (et,
en disant cela, il lui baisait les yeux),
« ont allumé en moi; les flammes ar-
» dentes qu'ils attisaient se laissèrent
» voir, si bien que votre mari s'en aper-
» çut, qu'il commença à se défier de moi,
» à n'avoir plus avec moi aucun com-
» merce, et que, s'il me voyait quelque
» part, il s'en allait d'un autre côté. Moi,
» qui préférerais mourir que d'être pour
» vous la cause d'un ennui, je m'abstins

» de venir dans votre quartier pour ne
» pas accroître les soupçons qu'avait
» conçus votre mari. Il me suffisait de
» vous voir dans les églises, dans les
» fêtes, dans les bals : après cela, je me
» retirais; vous avez très bien pu vous
» en apercevoir. Peut-être pensiez-vous
» que je ne vous étais plus dévoué et que
» j'avais dépouillé l'immense amour que
» je vous portais, comme on ôte un ha-
» bit. Mais vous étiez dans une profonde
» erreur, car l'ardeur de mon amour,
» bien loin de s'être éteinte, ne s'était
» même pas calmée. Je ne pouvais pas
» vous voir le jour, Madame, mais je
» venais la nuit regarder les murs de
» votre maison; neuf ou dix fois par nuit
» je passais dans votre rue. J'ai tâté mille
» fois votre porte pour voir si elle était
» fermée ou non ; quand je savais que
» votre mari était à la campagne, j'étais
» décidé à aller à votre chambre, à y
» entrer, si je la trouvais ouverte, et à
» vous prier tant, que vous auriez eu
» pitié de moi; mais jamais l'occasion
» favorable ne s'est offerte. Je savais bien

» qu'un autre vous était plus cher, que
» vous lui aviez donné votre amour, que
» vous le faisiez souvent venir la nuit
» près de vous ; j'y ai tant et tant réflé-
» chi, j'ai si bien observé vos démarches
» qu'une fois enfin j'ai trouvé l'occasion
» que je cherchais si vivement. Cette
» nuit, selon ma coutume, je suis venu
» voir les murs de votre demeure ; j'étais
» devant la porte quand j'ai entendu des
» pas ; pour être ni vu, ni reconnu, je
» me suis caché derrière le foin de votre
» charrette qui est dans la rue, et j'ai
» attendu que cet homme passât son
» chemin. Mais, quand il fut devant la
» porte, il fit un signal. Cette servante
» qui est là vint alors en bas, à la fenê-
» tre, et elle lui dit qu'un parent de votre
» mari vous était arrivé le soir et qu'il
» n'était pas encore allé se coucher ; j'ai
» entendu toute la conversation. Alors
» je me suis décidé à tenter la fortune et
» à voir si je pouvais réussir dans mes
» desseins. J'ai réussi (j'en remercie
» l'Amour), et je vous ai possédée, vous
» que j'ai toujours désirée plus que la

» lumière du jour. Il n'est pas possible,
» ma maîtresse, que ce qui a été ne soit
» pas et n'ait pas été. Si vous êtes sage
» et raisonnable, comme vous êtes belle,
» vous vous calmerez et vous penserez à
» tout ce qui pourrait arriver de mal en
» vous entêtant dans la grande colère où
» je vous vois, car je ne veux pas m'en
» aller d'ici sans avoir reconquis vos
» bonnes grâces. Acceptez-moi, mon
» cœur, pour votre bon et loyal servi-
» teur, comme je l'ai toujours été; puis,
» mettez-moi à l'épreuve, faites toutes
» les expériences que vous imaginerez,
» vous me trouverez prêt à vous obéir
» encore plus vite que vous ne saurez
» me commander. »

Le jeune homme sut si bien parler et
expliquer si tendrement son entreprise,
que la dame finit par faire sa paix avec
lui; ils se déshabillèrent d'un commun
accord et se mirent au lit, où ils dormi-
rent peu, mais se donnèrent le meilleur
temps du monde. La dame plaisait merveilleusement au jeune homme; et il fit
son devoir si vaillamment qu'elle s'en-

flamma quelque peu pour lui. La servante, soumise à la volonté de sa maîtresse, alla se coucher.

Quand les serviteurs du jeune homme
virent que leur maître était entré dans la
maison, ils n'oublièrent pas le foin et ils
firent assez de voyages pour tout emporter dans leurs sacs. Le premier amant
revint et fit le signal convenu, mais la
servante, qui savait la place prise, ne
souffla mot. Voyant que personne ne
bougeait, il crut que le parent du mari,
qui était arrivé le soir, l'empêchait d'entrer. Les caresses du jeune homme chan-
gèrent les sentiments de la dame, elle le
tint dans ses bras tout le temps qu'elle
fut au lit avec lui, et, lorsqu'il eut prouvé
combien il était supérieur à son rival,
son indifférence pour lui se changea en
un amour passionné; elle se promit d'être
toujours à lui, et cette résolution nouvelle
une fois prise, elle jouit tant qu'elle put,
et fort sagement, des témoignages de son
amour. Elle trouva ensuite moyen de
s'excuser avec l'autre, et lui fit comprendre, par l'intermédiaire de la ser-

vante, qu'ils ne pourraient plus se retrouver ensemble. Ainsi cette sage dame,
après avoir essayé ses deux amants, s'attacha à celui qu'elle jugea le plus vaillant
et de meilleur nerf; et le nouvel amant,
qui avait cru s'amuser un instant, fut
pris pour tout de bon. Il a continué à
cultiver cet amour, il le cultive toujours,
et rit bien souvent avec la dame de l'heureux tour qu'il lui a joué.

LE BANDELLO

A TRÈS MAGNIFIQUE ET ILLUSTRE

MESSER PARIS CERESARO

E signor *Pirro Gonzaga de Gazuolo et le signor Alessandro, fils du signor Giovanni Gonzaga*, s'étaient rendus avec beaucoup d'autres gentilshommes dans un très agréable palais, afin qu'en présence de Madame Isabelle d'Este, marquise de Mantoue, la paix se fît entre deux vaillants soldats. C'était au mois de Juillet, en pleine canicule; l'air était brûlant de chaleur, il n'y avait pas un souffle de vent, pas le plus léger zéphyr qui agitât sur les arbres la plus petite feuille. Madame

s'était, aussitôt après le dîner, retirée
dans ses appartements du haut, et le
signor Pirro dit à la compagnie : « Mes-
» seigneurs, puisque Madame n'est pas
» ici, je suis d'avis que nous allions
» tous ensemble prendre le frais sur la
» terrasse du jardin et y passer le temps
» jusqu'à ce que Madame descende. »
La proposition du signor Pirro plut à
tout le monde; on vint sur la terrasse,
on s'assit et on se mit à causer de choses
et d'autres, au goût de chacun. Peu de
temps après arriva messer Alessandro
Baesio, chevalier d'honneur de Madame,
qui venait de San-Sebastiano. Il salua la
société et fut accueilli avec joie par tout
le monde, car c'étoit un homme gai et
aimable. Il s'assit avec les autres et prit
aussitôt la parole : « Seigneurs, » dit-il,
« on vient à l'instant même d'affirmer à
» notre seigneur le Marquis qu'il y a
» dans sa ville de Mantoue une noble
» dame, de famille très honorable, qui,
» en très peu de temps, a couché avec
» trois gentilshommes étrangers, per-
» sonnages de distinction et tous trois

» *frères de père et de mère. Cela a*
» *paru fort extraordinaire à notre sei-*
» *gneur et il a voulu savoir du signor*
» *Gian-Francesco Gonzaga di Luzara,*
» *qui connaît bien toute l'histoire, le nom*
» *de la dame. Gian-Francesco le lui a*
» *dit en secret.* » *Tout le monde trouva*
que c'était là une rare et abominable
aventure ; on causa beaucoup sur ce
sujet et on cherchait, à l'aide de divers
indices, à savoir qui pouvaient être les
trois frères et la dame. Alors, le signor
Alessandro Gonzaga dit en souriant :
— « *Nous sommes venus ici pour faire la*
» *paix entre ces deux vaillants capi-*
» *taines, et nous en sommes maintenant*
» *à parler de la paix du ménage !* »
Tout le monde rit et le signor Pirro
reprit : — « *Ce sont de ces choses qui*
» *arrivent à l'improviste. Mais puisque*
» *Madame s'est retirée, causons de ce*
» *que nous voudrons jusqu'à ce qu'elle*
» *descende, afin de diminuer la longueur*
» *de l'attente.* » *Il y avait là un certain*
messer Giulio Chieregato, gentilhomme
de Vicence, qui raconta une aventure

*arrivée dans son pays et toute semblable
à celle dont il vient d'être question.
Le signor Pirro, se trouvant plus tard
avec moi, me l'a rapportée de point en
point en me priant de l'écrire et de l'in-
sérer dans mes Nouvelles, ce que j'ai fait
pour lui obéir. Je vous envoie donc le
récit de cette aventure tel que je l'ai
écrit et je le dédie à votre illustre nom,
non pas (le monde m'en soit témoin)
comme objet de grande valeur et digne
de vous, mais pour montrer que je vis et
que je vivrai sans cesse avec votre souvenir, et que j'aurai toujours présents à
l'esprit votre bonté et les nombreux services que vous m'avez rendus. Et, en
vérité, si je voulais vous donner quelque
chose qui fût digne de votre noblesse, de
votre mérite incomparable, de l'intégrité
de votre âme, qui éclate si nettement aux
yeux, de la constance avec laquelle vous
avez supporté les coups de la fortune
adverse, de la science si profonde et si
variée que vous avez acquise au prix de
tant de travail, d'études et de frais si
considérables, il me faudrait commencer*

par être un autre vous-même. Comme il
y a aujourd'hui une foule de gens qui
veulent passer pour des saints quand ils
sont en effet la sentine de tous les vices,
et que, s'ils voyaient cette Nouvelle que
j'ai écrite, ils organiseraient contre moi
une vraie croisade, j'ai voulu, me
souciant peu de leur faux jugement, la
donner à vous, qui êtes l'homme de Té-
rence et qui estimez que rien d'humain
ne vous est étranger. Vous savez bien
que pour écrire des choses qui arrivent
chaque jour, quand même ces choses sont
mauvaises, elles ne salissent pas le nom
de celui qui les écrit. Nous avons plusieurs fois traité cette question entre
nous, et je suis heureux de penser que
vous me verrez sans déplaisir me préva-
loir en cette circonstance de votre nom.
Portez-vous bien.

LUCREZICA, DE VICENCE,

amoureuse de Bernardino Lusco, couche
avec lui et avec deux de ses frères

NOUVELLE XVII

UISQUE Madame n'est pas
là et que, comme l'a fort
bien dit le signor Pirro,
nous ne pouvons pas sans
elle mener à bonne fin la
paix que nous voulons conclure, il ne
sera pas mal d'employer le temps qui
nous reste à d'agréables entretiens; et
peut-être un sujet de conversation nous
aurait-il manqué si messer Alessandro
ne nous l'avait pas apporté. Il m'a remis
en mémoire une aventure semblable qui
est arrivée, il n'y a pas longtemps, dans

ma patrie. Je ne sais si cette femme de
Mantoue laissa volontairement les trois
frères piler dans son mortier ou si elle
n'y fut amenée que par ruse, comme cela
est arrivé à la dame de Vicence dont je
vais vous parler.

Parmi les nombreuses familles nobles
qui résident dans cette ville, celle des
Luschi a toujours tenu un rang honorable qu'elle doit à son ancienneté, à
son aisance et encore aux hommes de
mérite, dévoués à leur patrie, qu'elle a
fournis. Un de ces hommes fut messer
Francesco Lusco, qui prit pour femme
une noble dame de Venise dont il eut
plusieurs fils. Quand il se sentit près de
mourir, il fit un testament et, après avoir
désigné sa femme comme curatrice et
tutrice de ses fils, il passa de vie à trépas.
La dame, qui était une femme de bien
et qui aimait ses fils, pleura beaucoup la
mort de son mari et mit tous ses soins à
bien gouverner sa maison. Elle envoya
à Padoue le premier de ses fils, qui s'appelait Grégorio et qui avait déjà fait ses
classes de grammaire, puis le rappela de

cette ville à la suite de quelques querelles et le fit aller à Pavie, où il devint
un célèbre et savant docteur ès-lois pon-
tificales et impériales; il revint enfin à
Vicence, où son savoir lui acquit une
nombreuse clientèle. Il restait encore à
la dame quatre fils; elle destina l'un
d'eux à l'Eglise et voulut qu'un autre
s'occupât avec elle du soin de la maison
pour l'en décharger un peu. Les deux
derniers étaient jumeaux; ils se ressemblaient tellement que les étrangers ne
pouvaient les distinguer l'un de l'autre;
les gens de la maison et leur mère elle-
même y parvenaient à peine. L'un d'eux
se nommait Giacomo; comme il avait
l'esprit vif et qu'il se pliait à tout, sa
mère le mit au service de monseigneur
Francesco Soderini, évêque de Vicence
et cardinal de la Sainte Eglise. L'autre
s'appelait Bernardino et il resta à Vicence
dans la maison paternelle. Outre que ces
deux frères se ressemblaient entre eux
plus qu'on ne saurait le croire, c'étaient
deux des plus beaux et des plus charmants jeunes gens que ma patrie possé-

dât alors. Madame Lucrezia, de Vicence, mariée à un docteur fort riche, séduite par la beauté de Bernardino, s'en éprit vivement. La maison des frères Luschi était dans la rue San-Michele, près de la porte de la Berga, et il y a dans le faubourg du même nom beaucoup de couvents de religieuses. Dans un de ces couvents se trouvait une parente de Lucrezia, qui était fort liée avec elle et qui la visitait souvent. En allant au monastère, elle ne manquait jamais de passer devant la maison des Luschi. Un jour qu'elle passait ainsi, ayant vu Bernardino à sa porte, il lui sembla vraiment voir un ange du ciel, et elle s'éprit pour lui d'un si ardent amour que chaque heure lui paraissait mille ans, tant elle désirait pouvoir se trouver seule avec lui. Elle se mit à fréquenter plus que d'ordinaire le couvent de la religieuse pour voir Bernardino, et, quand elle le voyait, elle le regardait avec amour, elle changeait de couleur et poussait de profonds soupirs. Le jeune homme, voyant qu'une belle dame lui faisait bonne mine et le regardait ten-

drement, en était enchanté. Mais comme
il n'était pas versé dans les choses de
l'amour, n'ayant pas encore seize ans
accomplis, il ne se mit pas en peine de
faire la cour à la dame ou de lui envoyer
quelque message. Elle aurait pourtant
bien voulu se faire demander ce qu'elle
désirait ardemment et ce qu'elle aurait
de grand cœur donné au jeune homme,
et elle était fort chagrine de n'être point
sollicitée. Elle avait à peu près trente
ans, était souple et bien faite, la peau
blanche, le visage riant et deux yeux où
l'amour mettait un éclat pareil à celui de
deux belles et brillantes étoiles. Quand
elle eut attendu non pas des jours, mais
des mois, voyant que le jeune homme
ne lui faisait rien dire, elle se répétait à
elle-même : « Hélas ! que vais-je faire ?
» Quelle folie a été la mienne de m'en-
» flammer si vivement pour ce jeune
» niais qui ne s'aperçoit même pas de
» mon amour ? Aurai-je la hardiesse de
» faire le premier pas ? Serai-je assez peu
» soigneuse de ma réputation pour lui
» écrire ou pour lui envoyer des mes-

» sages ? Qui sait s'il ne le redira pas à
» d'autres et si on ne rira pas de moi ? En
» supposant même qu'il se rende volon-
» tiers à mes prières, je crains bien
» qu'après avoir été sollicité par moi, il
» ne me prenne pour une femme de rien
» et vienne à croire que je fais de mon
» corps une marchandise. Ah ! quelle
» sottise font ces femmes, et moi en par-
» ticulier, qui se mettent, comme je l'ai
» fait, à aimer un jeune homme sans
» barbe au menton ! Ne sait-on pas que,
» dans un âge si tendre, l'expérience fait
» défaut ainsi que le jugement ? Ces
» petits jeunes gens aiment le plus sou-
» vent et cessent d'aimer en même
» temps. Je sais bien que si j'avais donné
» mon cœur à un homme de mon âge et
» si je lui avais fait moitié aussi bon
» visage qu'à ce jeune niais, j'aurais déjà
» reçu mille lettres et satisfait mon
» amour. Que j'aurais mieux fait d'écou-
» ter les prières, de faire bon accueil aux
» messages de son frère aîné Grégorio,
» qui me témoignait une si ardente pas-
» sion, qui me courtisait de si près et

» que j'ai laissé languir misérablement !
» Il n'est certainement pas aussi beau
» que son niais de frère, mais c'est cepen-
» dant un bel homme et un homme
» habile, qui ne serait pas resté les mains
» dans les poches comme cet autre. Je
» n'aurais eu qu'à lui faire le plus petit
» signe, il m'aurait comprise ; il m'aurait
» enveloppée de mille ruses d'amour ;
» sans faire semblant de m'en aperce-
» voir, je m'y serais laissée prendre avec
» mon honneur, et, sans me consumer
» tout le jour, j'aurais obtenu ce que je
» veux. »

Tout en se faisant ces réflexions, la dame
attendait en vain que le jeune homme
la recherchât. Quand elle vit que rien de
conforme à ses désirs ne se produisait,
incapable de supporter plus longtemps
l'ardeur de la passion qui la dévorait et
ne lui laissait plus de repos, elle résolut
de s'aider elle-même. Elle avait une
petite servante habile, hardie et d'assez
bonne apparence, elle se décida à se confier à elle, et quand elle trouva le moment opportun, elle lui dit : « Ma petite

» Pasqua » (tel était son nom), « je t'ai
» toujours trouvée loyale et fidèle; si tu
» veux me garder le secret, je ferai en
» sorte que tu sois contente de moi.
» — Madame, » répondit la servante,
« vous pouvez me dire tout ce que vous
» voudrez, vous me trouverez tou-
» jours fidèle et discrète. — C'est
» bien, » reprit la maîtresse, « dis-moi,
» ne sais-tu pas où est la maison des
» Luschi, devant laquelle nous passons
» souvent quand nous allons au couvent
» de ma parente ? — Si, je la con-
» nais, » dit la servante, « pourquoi me
» demandez-vous cela ? — Je veux, »
reprit la dame, « que tu parles à ce
» jeune homme que nous voyons si sou-
» vent devant la porte, et dont je t'ai dit
» tant de fois qu'il n'y a pas de plus beau
» garçon à Vicence. J'ai conçu pour lui
» tant d'amour que si tu ne m'aides pas
» et si tu ne t'arranges pas pour me faire
» coucher avec lui, je me sens mourir.
» Quand tu le verras à sa porte, fais en
» sorte, si c'est possible, d'entrer en con-
» versation avec lui, tâche qu'il te parle

» de moi; si tu vois que cela ne va pas,
» fais lui comprendre que je l'aime et
» que je désire qu'il soit à moi comme
» je suis toute à lui. »

La servante, bien stylée, promit de
s'acquitter de sa commission le plus tôt
possible; sans tarder, elle passa deux ou
trois fois devant la maison de Bernardino, qu'elle salua avec une grande familiarité, mais le jeune homme, timide et
sans aucune expérience des choses de
l'amour, lui rendait froidement son salut
et ne lui disait pas un mot. La chambrière, qui était décidée à servir sa maîtresse, ayant un jour trouvé le jeune
homme seul sur le seuil de sa maison, le
salua et lui dit : « Vous faites bien le fier
» et vous restez insensible pour quel-
» qu'un qui vous aime plus que sa pro-
» pre vie. Ce n'est pas bien de faire si
» peu de cas de qui vous veut tant de
» bien. — Et qui est donc cette per-
» sonne dont je ne fais aucun cas ? »
répondit le jeune homme. La servante
entra alors en conversation avec lui, elle
répéta ce qu'elle avait dit, découvrit au

jeune homme l'amour que lui portait sa
dame, dont elle lui peignit les désirs ;
elle ajouta encore mille instantes prières
pour qu'il se décidât à aimer qui l'aimait
tant. Le jouvenceau, qui n'avait jamais
été à pareille fête, sentait, en entendant
la servante, son sang s'agiter, se glacer
tout à coup, et puis s'enflammer. Quand
elle eut fini de parler, il lui dit : « Re-
» tourne auprès de ta maîtresse et re-
» commande-moi chaudement à elle ; tu
» lui diras que je suis prêt à faire tout
» ce qu'elle veut, pourvu qu'elle m'in-
» dique comment, car je ne sais ni où ni
» quand je pourrai lui parler. — Ne
» vous embarrassez pas de cela, » répondit la servante, « je vous dirai l'heure et
» le lieu où vous pourrez lui parler et
» vous trouver avec elle. Vous savez que
» notre jardin touche à cette petite rue
» qui est derrière, rue habituellement
» très déserte, parce qu'il n'y passe jamais
» ou rarement âme qui vive. Vous pou-
» vez sans le moindre danger, à la nuit,
» vers deux ou trois heures, y aller avec
» une échelle pour escalader le mur et

» entrer dans le jardin; quand vous y
» serez, vous resterez sous le berceau et
» m'attendrez : je viendrai vous pren-
» dre. Monsieur est absent. Quand tout
» le monde sera couché, je vous con-
» duirai dans la chambre où Madame
» couche avec un tout petit enfant
» qu'elle a. Vous pourrez rester toute
» cette nuit sans rien craindre. Madame
» vous prie bien d'avoir soin de son hon-
» neur, qu'elle remet entre vos mains, et
» d'être discret. » Bernardino répondit
qu'il était prêt à faire ce qui lui était
demandé, mais qu'à tout évènement, il
voulait emmener avec lui un serviteur
de confiance. La Pasqua qui, elle aussi,
avait envie de je ne sais quoi, et ne se
souciait guère de rester oisive pendant
que sa maîtresse était occupée, accéda
au désir du jeune homme; elle fit savoir
tout ce qu'elle avait combiné à sa dame,
qui en éprouva une vive allégresse et en
demeura toute joyeuse.

Bernardino, de son côté, très heureux
d'être aimé par une si belle dame, attendait la nuit avec tant d'impatience que

chaque heure lui semblait longue comme
une année. Il choisit le plus adroit et le
plus fidèle de ses serviteurs, qui se nommait Ferrante, et lui apprit ce qu'il
comptait faire. Quand le nouvel amant
vit qu'il était environ deux heures et que
tout aux alentours était tranquillement
plongé dans le silence de la nuit, il fit
emporter par Ferrante, sur son épaule,
une échelle qu'il avait préparée, et s'en
vint, sans rencontrer personne, au lieu
que lui avait désigné la servante. Tous
deux escaladèrent le mur, descendirent
dans le jardin et allèrent sous le berceau.
Ils n'attendirent pas longtemps sans voir
arriver la rusée servante, qui prit Bernardino par la main et le mena à la
chambre de la dame, après avoir dit à
Ferrante de l'attendre un moment. Aussitôt que donna Lucrezia vit le jeune
homme entrer dans sa chambre, elle le
prit dans ses bras, et se pendant à son
cou, elle lui dit, en lui donnant sur la
bouche mille baisers amoureux : « Tu es
» donc ici, mon ami, mon cœur? Est-il
» bien vrai que je te tiens, ou est-ce que

» je rêve? Je baise donc pour tout de
» bon cette bouche de miel, ces lèvres de
» rose, ces joues satinées? Ah! mon
» cœur, que tu m'as fait souffrir, que tu
» m'as fait de fois trépasser avant de
» céder à mes désirs! » La dame nageait
dans une mer de joie; elle tressaillait de
plaisir en voyant en sa puissance un si
beau jeune homme, dont la jeune barbe
commençait à peine à naître; aussi ne
pouvait-elle se rassasier de le baiser, de
le serrer dans ses bras et de le mordre
doucement. Bernardino, de son côté, la
baisait aussi et la pressait sur son cœur.
Ils se déshabillèrent, se mirent au lit et
prirent ensemble les suprêmes jouissances
de l'amour.

Tandis que les deux amants se diver-
tissaient ainsi, la bonne Pasqua, à qui il
ne paraissait pas bien de laisser Ferrante
seul, alla le trouver; elle se mit à causer
avec lui, et il ne se passa guère de temps
qu'ils ne se rapprochassent comme se
rapprochèrent autrefois Mars et Vénus.
Pour pouvoir se livrer plus commodé-
ment à cet exercice, quand ils l'eurent

fait une fois, la chambrière mena Ferrante à son lit qui était dans la chambre
de Madame. Je puis vous assurer que si
la maîtresse se dédommageait des chagrins passés, Pasqua ne perdait pas son
temps. Au point du jour, Bernardino et
Ferrante se levèrent, mais ils s'entendirent d'abord avec la dame pour l'avenir, et s'en retournèrent chez eux par le
chemin qu'ils avaient pris pour venir.

Ces amants se donnèrent ainsi pendant
bien des mois, sans que rien vînt les dé-
ranger, le meilleur temps du monde. Il
arriva ensuite que Bernardino dut aller à
Venise pour un procès et y séjourner
longtemps, ce qui lui fut très désagréable
ainsi qu'à la dame. Cependant il fallait
bien prendre patience.

Il y avait de longs mois déjà que Bernardino, qui avait emmené Ferrante
avec lui, était à Venise pour son procès
quand Giacomo, son frère, vint de Rome
à Vienne pour se divertir quelque temps.
Or advint un jour que Giacomo étant à
sa porte, madonna Lucrezia, qui allait
au monastère, passa par hasard, le vit,

fut persuadée que c'était Bernardino revenu de Venise, et le salua. Giacomo, qui ne connaissait pas la dame, ne dit mot et se contenta de lui ôter son bonnet. Lucrezia, voyant cela, ne sut que penser, sinon que Bernardino était fâché contre elle , qu'il avait laissé quelque amour à Venise et qu'il ne se souciait plus d'elle. Elle se rendit toute triste au couvent et s'en revint chez elle sans même avoir parlé à sa parente ; le hasard fit qu'elle vit encore une fois Giacomo, qui était resté à sa porte. Elle le salua de nouveau et lui dit d'une voix basse et tremblante : « Je suis mille fois heureuse » de votre retour » et comme il y avait des passants dans la rue, elle n'osa pas s'arrêter, mais elle passa son chemin, fermement persuadée que c'était bien Bernardino qui était à sa porte. Giacomo, qui revenait de Rome depuis peu, crut que la dame l'avait salué parce qu'elle était amoureuse de lui avant son départ. Cependant il ne se souvenait pas de lui avoir jamais rien fait dire. Il eut beau réfléchir, il ne devina pas la vérité et ne

savait que penser. Quand il fut rentré
dans sa maison, il dit en souriant à son
frère Gregorio, le docteur : « Vous ne
» savez pas qu'une belle et noble dame
» est déjà devenue amoureuse de moi, et
» qu'en moins d'une demi-heure elle
» m'a fait deux fois les plus tendres saluts
» du monde. Ce qu'il y a de joli, c'est que
» je ne la connais pas, et, comme j'étais
» seul à la porte, je n'ai pu la faire suivre
» par aucun de nos serviteurs pour savoir
» où elle allait ; et je crois vraiment que
» si par hasard je la rencontrais je ne la
» reconnaîtrais pas. — Oh ! » répondit
Grégorio, « tu t'en fais bien accroire ; parce
» que tu as passé quelque temps à Rome,
» tu te figures que toutes les dames qui
» te voient sont amoureuses de toi ; ce
» sont des illusions, mon pauvre frère. »
Ils passaient le temps à causer ainsi entre
eux. Madame Lucrezia, sûre que celui
qu'elle avait salué à la porte était Bernardino et craignant qu'il ne fût fâché
contre elle, voulut s'en assurer ; elle fit
donc à une fenêtre le signal qu'elle avait
coutume de faire quand Bernardino de-

vait venir coucher chez elle ; mais elle était loin de compte, Giacomo ne fit aucune attention au signal et, quand même il l'aurait remarqué, savait-il ce que cela signifiait ?

Quand la dame vit que la nuit se passait et que son cher Bernardino ne venait pas, elle eut un gros chagrin ; elle ne faisait que pleurer sur son malheur et ne pouvait s'imaginer en quoi elle avait jamais offensé son amant ; elle tint donc pour certain qu'il s'était amouraché de quelque femme à Venise et qu'il ne se souciait plus d'elle. Elle résolut de tirer cela au clair, de voir s'il ne serait pas possible de trouver l'occasion de lui parler et de lui demander le motif de sa colère. Elle appela donc sa servante, et lui dit en soupirant et en pleurant : « Je » suis au désespoir, ma chère Pasqua ; » j'ai la crainte, j'ai même la certitude » non seulement que Bernardino ne » m'aime plus, mais encore qu'il est con- » tre moi dans une grande colère. Je » n'en connais pas le motif, je ne puis » pas même me l'imaginer, à moins

16.

» qu'il ne trouve mauvais que je l'aime
» trop. Il est revenu de Venise, je l'ai
» salué deux fois; et il semble qu'il ne
» me connaisse plus. J'ai mis à la fenêtre
» le signal convenu entre nous, il n'a eu
» garde de venir. Que Dieu te dise pour
» moi le tourment que j'en éprouve!
» Je voudrais que tu réussisses à le voir;
» tu le supplieras bien tendrement de me
» faire la grâce de lui parler une fois, et
» tu lui diras que, la nuit prochaine, je
» l'attendrai comme d'habitude. Va, ma
» chère Pasqua, et réponds à ma con-
» fiance. » La servante promit de s'acquitter promptement de cette commission; sans tarder un instant, elle fit mine
d'aller au couvent et, en passant, elle vit
Giacomo tout seul à sa porte. Dès qu'elle
l'aperçut, elle pensa que c'était certainement Bernardino, tant ils se ressemblaient tous deux, et elle lui dit en passant devant lui et sans l'appeler par son
nom : « Madame Lucrezia, ma maî-
» tresse, vous prie de tout son cœur de
» venir sans faute lui parler cette nuit,
» elle vous attendra. » Giacomo la suivit

un instant et lui dit : — « Où veux-tu que
» j'aille ? » Elle ajouta aussitôt : — « Vous
» avez bien peu de mémoire, si vous ne
» savez plus venir dans notre jardin par
» la petite ruelle de derrière, et m'at-
» tendre sous le berceau jusqu'à ce que
» je vienne vous chercher. » Et sans rien
ajouter, elle continua son chemin. Grégorio, le docteur, sortant de son cabinet,
vint à la porte prendre un peu l'air ; il vit
Giacomo causer en secret avec Pasqua.
Il savait bien qui elle était, qui était sa
maîtresse, lui qui avait déjà été amoureux, sans succès, il est vrai, de Madame
Lucrezia. Il demanda donc à Giacomo
ce qu'il avait à faire avec cette dame. Le
jeune homme, sans autrement réfléchir,
répéta à son frère toute sa conversation
avec la servante. Le bon docteur pensa
que Madame Lucrezia commettait une
méprise en s'adressant à Giacomo et que
c'était de Bernardino qu'elle était amoureuse ; il n'aurait su comment expliquer
autrement les paroles de Pasqua. Il ne
voulut pas manquer de tenter la chance
et de voir s'il ne pourrait pas, au moyen

de quelque ruse, passer une nuit avec la
dame. Il dit donc à Giacomo : « Je com-
» mence à croire que cette noble dame
» est éperdument amoureuse de toi.
» C'est comme tu vois, une belle per-
» sonne et une personne de qualité, il
» faut que tu fasses tout pour te la con-
» server et, pour cela, que tu ne te fies
» pas aux serviteurs qui, la plupart du
» temps, divulguent facilement les amours
» de leurs maîtres, ce qui donne bien
» souvent naissance à de grands scan-
» dales. Suis mon conseil, n'y vas pas
» sans moi, je t'accompagnerai volon-
» tiers et je serai-là à tout évènement. »
Le jeune homme promit de suivre ce
conseil.

La nuit venue, tous deux prirent une
petite échelle et s'en allèrent au jardin;
ils y entrèrent et se cachèrent bien doucement sous le berceau. L'amoureuse
dame avait l'habitude de tenir une
lumière allumée dans sa chambre jusqu'à
ce que son amant se fût mis au lit avec
elle, parce que, toutes les nuits qu'elle
l'attendait, elle se soignait pour lui pa-

raître à la lumière plus belle que de coutume. Quand elle était couchée, Pasqua éteignait la lumière et faisait entrer Ferrante ; sa maîtresse le voulait ainsi parce qu'elle n'entendait pas, je ne sais pourquoi, être vue au lit par Ferrante. Quand l'heure convenable fut venue, la servante descendit et entra dans le jardin ; comme la nuit était très obscure et les ténèbres encore plus profondes sous le berceau, elle n'avança pas, mais elle dit à voix basse : « Où êtes-vous ? » A ces mots, Giacomo se montra et répondit : — « Me » voici. » Elle lui demanda alors où était son compagnon : — « Je suis là, » répondit Gregorio, « allez toujours, je vous suis. » La chambrière, donnant la main à Giacomo, qu'elle prenait pour Bernardino, s'achemina vers la chambre et, au moment d'y entrer, elle s'aperçut que maître Gregorio se disposait à y entrer aussi. Elle le repoussa en lui mettant la main sur la poitrine, croyant que c'était Ferrante, et lui dit : « Attends un peu, » je suis à toi dans un instant. Tu as » donc oublié nos habitudes ? » Et elle

entra dans la chambre pour déshabiller
la dame et le jeune homme. Gregorio,
qui savait que son frère Bernardino était
souvent sorti la nuit avec Ferrante quand
il était à Vicence, demeura convaincu,
après avoir entendu les paroles de Pasqua, que Madame Lucrezia aimait Bernardino et qu'elle prenait Giacomo par
méprise, à cause de sa ressemblance avec
son frère. Quand Giacomo, qui était un
fort aimable courtisan, fit son entrée
dans la chambre, il salua respectueusement la dame, qui, à sa vue, s'élança au-
devant de lui, l'embrassa étroitement, le
baisa à plusieurs reprises et lui dit enfin :
» Heureux qui peut vous voir ! Il y a
» bien des jours déjà que vous êtes à
» Vicence et vous vous laissez, je ne sais
» pourquoi, si peu voir, que c'est à peine
» si on vous aperçoit ; et, ce qui est bien
» pis, l'autre jour, quand je vous ai
» salué, vous n'avez pas daigné me ré-
» pondre. — Signora, » répondit Giacomo, « il est vrai que j'ai manqué de
» présence d'esprit, mais vous m'avez
   pris tellement à l'improviste qu'ab-

» sorbé, comme je l'étais, dans mes pen-
» sées, je n'ai pas du tout fait ce que je
» devais. Me voici en votre pouvoir,
» prenez de moi telle vengeance qu'il
» vous sera agréable, je serai toujours le
» plus obéissant de vos serviteurs. » La
dame pouvait bien, à la manière de parler du jeune homme, qui s'exprimait en
courtisan, s'apercevoir de son erreur et
reconnaître clairement qu'elle n'avait pas
affaire à Bernardino ; mais telle était la
ressemblance des visages des deux frères
qu'elle n'était occupée qu'à contempler
la beauté du jouvenceau et qu'elle ne
faisait pas attention à son accent étranger. Pasqua les aida donc à se déshabiller et ils se mirent au lit, où Giacomo
se conduisit en vaillant cavalier, tout en
se montrant beaucoup plus lascif que
Bernardino n'avait coutume de l'être,
parce qu'il avait appris à Rome des mé-
thodes perfectionnées, soit pour donner
des baisers, soit pour tout le reste.

Pasqua, après avoir éteint la lumière,
alla chercher Gregorio et l'introduisit,
bien qu'il ne fût guère satisfait de cou-

cher avec la servante au lieu de la maîtresse; il n'en courut pas moins la poste
toute la nuit. Au moment convenable,
les deux frères se levèrent et rentrèrent
chez eux.

Le mari de la dame, qui était resté
longtemps hors de Vicence, rentra dans
sa maison; il avait trouvé une occasion
avantageuse de louer un beau domaine
qu'il possédait dans le pays et où il
demeurait la plupart du temps. Comme
il se mit à habiter Vicence, la femme
n'eut plus le moyen de se trouver avec
son amant, ce qui lui rendit la vie très
pénible; elle ne pouvait se consoler et
ne cessait de penser à Bernardino. C'était
pour elle un grand déplaisir de coucher
avec son mari, et son chagrin allait toujours en augmentant, d'autant plus que
la présence du mari lui ôtait tout espoir
de se retrouver avec son amant, ou du
moins ne lui permettrait plus de le voir
qu'à de très rares intervalles. D'un autre
côté, Giacomo, à qui les caresses de la
dame avaient été très agréables et qui se
les rappelait avec bonheur, sollicitait

chaque jour Pasqua, lui adressait les prières les plus tendres, les plus affectueuses pour qu'elle trouvât un moyen de lui ménager une entrevue avec sa dame. Pasqua répétait tout à sa maîtresse et lui disait : « Je suis vraiment » bien fâchée de voir le chagrin qu'a » Bernardino de ne pouvoir se retrouver » avec vous. Ses paroles sont si douces » qu'elles remueraient des pierres et leur » feraient pitié; mon cœur se déchire, » tant j'ai de compassion pour lui. » La chambrière, par ces discours et par d'autres du même genre, attisait le feu ardent qui dévorait la dame, la consumait et ne la laissait plus penser à autre chose qu'à trouver quelque bonne ruse pour tromper son mari et se rapprocher de son amant.

Elle finit par imaginer un bon tour, dont elle fit part à sa servante, qui l'approuva, et toutes deux décidèrent de le mettre à exécution. Madame Lucrezia feignit d'être grosse et en fit courir le bruit; puis, pour mieux faire croire à cette prétendue grossesse, elle se mit à

cracher beaucoup plus qu'à l'ordinaire, à
se plaindre de maux d'estomac et à faire
semblant d'avoir souvent envie de vomir.
Elle feignit encore d'avoir perdu l'appétit
et d'éprouver une telle aversion pour la
nourriture qu'elle ne trouvait de goût à
aucun mets. Le pauvre mari faisait
chaque jour apporter à la maison les
petits oiseaux que la saison donnait, il
en faisait faire les ragoûts les plus délicats et les plus appétissants, avec tous les
condiments et tous les aromates pos-
sibles. Elle se montrait dégoûtée de tout
et ne mangeait rien ou presque rien tant
qu'on la voyait. Mais la rusée Pasqua lui
apportait toujours en temps et lieu
quelque nourriture et des vins fins dont
elle se restaurait. Après cela, la nuit,
elle se démenait dans son lit et ne laissait
pas reposer son mari. Le pauvre homme,
qui croyait réelles ces douleurs simulées,
souffrait réellement plus que sa femme
ne paraissait souffrir. Il lui fit prendre
une foule de remèdes sans aucun résultat,
et comme elle affirmait être enceinte,
les médecins n'osèrent ni la saigner, ni

la purger. Le mari, pour laisser à sa femme le lit libre, s'était retiré dans une autre chambre; dans celle où dormait la dame étaient deux lits, un grand et un petit entouré de rideaux. Elle se couchait tantôt sur l'un, tantôt sur l'autre, et paraissait ne pas trouver un endroit où elle fût à son aise. Quand le mari quitta la chambre conjugale, il voulut qu'une vieille femme qui avait été nourrie chez lui couchât avec Pasqua, pour que Lucrezia eût plus de monde sous la main en cas de besoin.

Les choses en étaient là. Lucrezia couchait le plus souvent sur le petit lit; il lui sembla qu'elle pouvait faire venir son amant, et, sans cesser de faire mine d'être toujours très souffrante, elle dit à Pasqua de le lui amener. Celle-ci ne mit aucun retard à s'acquitter de sa commission; elle alla trouver Giacomo et lui dit qu'elle l'attendait la nuit prochaine à l'heure ordinaire, ce qui fit grand plaisir au jeune homme. Ils passèrent donc tous deux, Gregorio et lui, dans le jardin, comme ils en avaient l'habitude, et atten-

dirent Pasqua. Celle-ci, à l'heure fixée,
descendit et, arrivée à la porte du jardin,
y trouva Gregorio qu'elle prit pour Bernardino. Elle lui dit bien bas, bien bas,
la ruse qu'avait inventée la dame pour
prendre avec lui ses plaisirs accoutumés.
« Mais, » ajouta-t-elle, « comme dame
» Menica couche avec moi dans le grand
» lit et que Madame couche dans mon
» petit lit, il faut que vous vous déshabil-
» liez ici, et que vous alliez la retrouver
» bien tranquillement; je ne puis vous
» accompagner et je ne voudrais pas
» m'attarder ici, parce qu'il ne faut pas,
» si dame Menica s'éveille, qu'elle s'aper-
» çoive de mon absence. Vous savez le
» chemin : quand vous vous serez désha-
» billé, venez doucement, doucement,
» vous trouverez toutes les portes ou-
» vertes. »

Pendant que Pasqua donnait ces
instructions à Gregorio, Giacomo était
resté au fond du jardin pour un petit
besoin; il arriva près de son frère quand
la servante s'en allait. Gregorio, qui avait
été longtemps amoureux fou de Ma-

dame Lucrezia, sentit se réveiller en lui
son vieil appétit et se rallumer son
ancienne ardeur déjà presque éteinte.
Quoiqu'il sût bien que Giacomo avait
reçu de la dame les dernières preuves
d'amour, quoiqu'il tînt pour certain que
Bernardino en avait pris le plaisir charnel, il passa outre et résolut de saisir
l'occasion que lui offrait la fortune,
d'être dans cette lutte amoureuse le troisième jouteur; il savait que chez les
Anciens le nombre trois était saint et
parfait, et qu'ils lui témoignaient par
tous leurs actes la plus profonde vénéra-
tion; aussi dit-il à Giacomo une partie de
ce que Pasqua lui avait recommandé,
en taisant le reste.

Les deux frères se déshabillèrent et
mirent leurs effets ensemble sous le berceau; ils montèrent doucement, et quand
ils arrivèrent à la chambre, dont la porte
n'était pas fermée, Gregorio dit à l'oreille
de son frère : « Ecoute, mon frère,
» garde-toi de dire un mot à Madame
» Lucrezia, parce que la vieille domes-
» tique de la maison est couchée avec

» elle, et que si elle entendait, il nous
» en cuirait; travaille à la muette et
» donne-toi bien du plaisir. J'irai dans
» l'obscurité plus sûrement que toi;
» donne-moi donc la main, je te mettrai
» à côté de ta dame; viens droit derrière
» moi. » Il le conduisit ainsi et le mit à
côté de Pasqua. Ensuite il s'en alla au
lit de Madame Lucrezia, il se coucha
auprès d'elle, et cueillit par ruse ce fruit
qu'il avait tant convoité et que ses
prières n'avaient jamais pu lui faire accorder. La dame s'aperçut bien, à beaucoup d'indices, que celui qui était couché
avec elle n'était pas Bernardino; cependant, par crainte de la vieille, qu'elle
entendait souvent tousser comme si elle
était éveillée, elle n'osa souffler mot.
Pasqua vit bien aussi que ce n'était pas
Ferrante qui lui secouait le pelisson; et
elle en fut fâchée plus qu'on ne le saurait
dire, mais elle n'osait prononcer une
parole par crainte de la vieille, et elle se
disait en elle-même : « Hélas ! qu'est-ce
» que cela? Ils ne m'auront bien sûr pas
» comprise. Ferrante aura été coucher

» avec Madame, et c'est Bernardino qui
» est couché avec moi. Si Madame s'en
» aperçoit, elle croira que je l'ai fait
» exprès, et il n'y aura plus moyen
» d'avoir la paix avec elle. Mais ce n'est
» pas ma faute, et s'ils ne m'ont pas
» entendue, qu'y puis-je faire. »

L'heure de se lever venue, Giacomo
dit bien bas, bien bas à l'oreille de Pasqua qu'ils reviendraient sans faute la nuit
suivante. Gregorio savait bien que l'aventure ne pourrait pas durer longtemps
sans se découvrir, il pensait bien que les
femmes s'en apercevraient et, de plus,
on attendait Bernardino chaque jour.
Aussi voulait-il jouir tant qu'il le pourrait de Madame Lucrezia, quoi qu'il dût
ensuite arriver. Ils se levèrent sans faire
le moindre bruit et rentrèrent à la maison. Gregorio était joyeux au delà de
toute expression du tour qu'il avait joué
à son frère et, tout en causant avec lui,
il lui demanda comment la nuit s'était
passée: — « A vous dire le vrai, » répondit Giacomo, « Lucrezia ne me paraît
» plus être elle-même; je l'ai bien trou-

» vée grande et solide, comme aupara-
» vant, mais son haleine n'est plus par-
» fumée comme elle l'était; je ne dis pas
» qu'elle soit mauvaise, mais elle est un
» peu forte. Elle n'a plus ces chairs ten-
» dres et délicates qu'elle avait coutume
» d'avoir; il m'a semblé sentir, en la
» touchant, de la viande d'oie, tandis
» qu'autrefois je croyais tâter de l'ivoire
» poli. Et puis je lui ai trouvé les mains
» dures et rugueuses; je ne sais qu'en
» dire. » Gregorio étouffait de rire en
entendant son frère, et il lui disait, en se
moquant de lui : — « Je ne sais vraiment
» pas comment elle a pu changer à ce
» point en si peu de temps; c'est sans
» doute l'effet de quelque accident, elle
» redeviendra ce qu'elle était. » D'un
autre côté, Madame Lucrezia et Pasqua,
qui savaient qu'elles avaient cette nuit-là
troqué d'amants, se regardaient de travers, mais toutes deux se figuraient que
l'autre ne s'était peut-être pas aperçue de
l'échange, et elles se taisaient. Madame
Lucrezia pensait et se disait à elle-même :
« Il est bien possible que cette coquine

» de servante ne se soit pas aperçue que
» nous avons troqué nos hommes, et ce
» serait folie de ma part de lui apprendre
» ce qu'elle ignore et de lui dévoiler ma
» honte. Qui sait même si je ne me
» trompe pas, si ce n'est pas une chi-
» mère que je me forge et si je n'ai pas
» la cervelle à l'envers pour avoir veillé
» toute cette nuit? J'ai bien dit à la ser-
» vante de prévenir Bernardino du chan-
» gement de lit, et elle m'a assuré qu'elle
» avait ponctuellement fait ma commis-
» sion. » Pasqua n'osait, de son côté,
dire un mot à sa maîtresse, et se proposait, la première fois qu'elle verrait Bernardino ou Ferrante, de leur demander
comment ils avaient fait pour se tromper
de lit.

Le lendemain matin, Bernardino arriva à Vicence; il était parti la veille de
Venise; il dîna avec ses frères et s'en alla
aussitôt voir sa maîtresse. Pasqua l'aperçut et, croyant que c'était lui qui avait
couché avec elle la nuit précédente, elle
sortit de la maison et le suivit pour lui
faire mieux entendre où elles couchaient,

sa maîtresse et elle, et pour que l'erreur
ne se répétât pas la nuit suivante. Elle le
salua quand elle fut près de lui; il lui
rendit son salut et lui demanda comment
se portait Madame : — « Bien, » répon-
dit-elle, « et à votre souhait; nous vous
» attendons ce soir sans faute, mais,
» pour l'amour de Dieu, faites attention
» de ne pas vous tromper, parce que Ma-
» dame couche dans mon lit, et moi dans
» le sien avec dame Menica. Ainsi je ne
» viendrai pas vous chercher, mais quand
» vous verrez que tout est tranquille,
» venez, et surtout ne vous trompez
» pas. » Bernardino voulait lui répondre
je ne sais quoi, mais il vint du monde,
de sorte que Pasqua s'en alla et que le
jeune homme ne dit rien. La nuit, ardemment désirée par les trois frères, et
aussi par Ferrante, arriva enfin; Gregorio pensait que Bernardino ne voulait
pas sortir de nuit le jour même où il était
arrivé de Venise; il quitta la maison avec
Giacomo, tous deux entrèrent dans le
jardin, se déshabillèrent, laissèrent leurs
effets sous le berceau et entrèrent dans

la cour pour mieux voir si les lu-
mières étaient éteintes. Quand tout leur
parut tranquille, quand il leur sembla
que tout le monde était au lit, ils montèrent avec précaution et entrèrent bien
doucement dans la chambre de la dame,
comme ils l'avaient fait la nuit précédente; Gregorio trompa son frère une
seconde fois, il le conduisit auprès de
Pasqua et entra dans le lit de Madame
Lucrezia. Elle s'éveilla aussitôt et accueillit chaudement Gregorio, croyant
avoir auprès d'elle Bernardino. Mais elle
s'aperçut bien vite que ce n'était pas là
son amant; elle crut que Bernardino
avait amené, au lieu de Ferrante, un de
ses amis, car il lui semblait que Ferrante
ne devait pas avoir la peau aussi douce,
les mains aussi délicates que celui qui
était couché avec elle. Gregorio était un
jeune homme très soigné, très bien de
sa personne, quoique sa beauté fût infé-
rieure à celle de son frère. La dame,
extrêmement contrariée, ne savait que
faire; elle aurait volontiers crié, mais
elle craignait de rougir devant la vieille.

Elle réfléchit ensuite que celui qui était avec elle croyait être auprès de Pasqua. Cette pensée diminua son chagrin, et elle laissait son compagnon de lit jouir d'elle avec tant de froideur, que Gregorio, voyant la mêche éventée, ne pensait plus qu'à prendre du plaisir tout en riant sous cape. Pasqua s'aperçut bien aussi que celui qui était auprès d'elle n'était pas Ferrante, mais Bernardino; elle se crut perdue, elle se considéra comme la plus malheureuse femme du monde, maudissant la vieille sorcière, car si cette vieille ne s'était pas trouvée dans la chambre, elle aurait crié, donné l'alarme, afin de prouver à Madame qu'elle était absolument innocente de cette erreur. Madame Lucrezia était désolée d'être jouée de la sorte, mais surtout elle était dévorée d'envie et de jalousie de voir cette coquine de servante jouir de son cher Bernardino et le tenir toute la nuit dans ses bras. C'était là le ver qui lui rongeait le cœur plus que tout le reste.

Mais laissons ces dames plongées alter-

nativement dans le chagrin et dans la joie, car il est impossible qu'elles n'aient pas éprouvé quelque plaisir des tendres embrassements et des doux baisers qu'on leur prodiguait. Bernardino sortit de sa maison avec Ferrante, peu de temps après ses frères; il entra dans le jardin, où il resta un bon moment, ayant oublié que Pasqua l'avait prévenu qu'elle ne pourrait pas venir. Une grande partie de la nuit était passée et Bernardino s'était bien des fois déjà mis en colère contre Pasqua; Ferrante en faisait autant. Enfin Bernardino se rappela les paroles de Pasqua, il les répéta à Ferrante et tous deux décidèrent qu'ils iraient voir si la chambre des dames était ouverte. La trouvant fermée, ils crurent qu'il était arrivé quelque accident imprévu. Ils s'en retournèrent alors et, en passant par le jardin, virent les vêtements des deux frères et l'échelle. Bernardino s'écria alors : « Voilà la bonne foi de ces fem-
» mes, fiez-vous donc à elles ! J'aimais
» celle-ci plus que ma vie et je me suis
» abstenu, pour l'amour d'elle, à Venise

» et ici de mille distractions que j'aurais
» pu me procurer avec bien des femmes.
» Qu'elle demeure en paix! Il n'y aura
» plus dans l'avenir de femme qui me
» trompe, parce que je ne me fierai à
» aucune d'elles, quelque gage qu'elle me
» donne. » Si Bernardino se désolait et
disait du mal des femmes, je puis vous
assurer que la langue de Ferrante ne
restait pas inactive; il disait pis encore
et engageait son maître à se donner du
bon temps, à mener joyeuse vie avec
toutes les femmes qui tomberaient entre
ses mains. « Croyez-vous, » lui disait-il,
» que c'est le premier tour que nous
» jouent ces maudites femelles ? Ce n'est
» pas le premier et ce sera moins encore
» le dernier, elles veulent autant d'hom-
» mes qu'elles en peuvent avoir et elles
» ne sont jamais ni lasses ni rassasiées. »
Tous deux étaient pleins de rancune et
de colère contre les femmes. Au moment
de partir, Ferrante se tourna vers son
patron et lui dit : « Allons-nous laisser
» ici ces effets ? quant à moi, je ne les
» laisserai pas, peu importe à qui ils ap-

» partiennent. » Bernardino ne voulait
pas qu'on enlevât les effets, mais Ferrante les prit ainsi que l'échelle et ils
sortirent du jardin. Il mit les deux
échelles à son cou, les effets sous le bras,
et il s'écria : « Par le corps de quelqu'un
» que je ne veux pas nommer, ce serait
» bien fait si nous faisions lever et pren-
» dre les armes tous les serviteurs de la
» maison, pour tomber sur ceux qui sont
» avec les dames. » En devisant ainsi ils
arrivèrent à la maison, où ils examinèrent
les effets et reconnurent que c'étaient
certainement ceux de Gregorio et de
Giacomo. Bernardino fut très fâché que
l'échelle eût été enlevée.

L'aube commençait à paraître : c'était
le moment de se lever. Les deux frères,
laissant fort mécontentes les deux femmes, qui se savaient trompées, descendirent, mais ils ne trouvèrent plus ni
échelle, ni vêtements. Fort étonnés et
ennuyés, ils montèrent à grand'peine et
le mieux qu'ils purent sur le berceau, et
de là se laissèrent tomber en bas du
mur sans se faire d'autre mal que

quelques écorchures à leurs jambes, qui
étaient nues. Ils étaient à peine à terre
que Bernardino et Ferrante, arrivant en
toute hâte, les rejoignirent avec leurs
vêtements et avec l'échelle. Qui les aurait
vus en ce moment n'aurait pas su dire
lequel d'entre eux était le plus troublé, le
plus confus, car ils l'étaient tous quatre
autant l'un que l'autre. Ils s'en revinrent
sans perdre de temps et de compagnie à
la maison. Bernardino se plaignait amèrement de Giacomo qui, grâce à la ressemblance qu'ils avaient entre eux, s'était
fait passer pour lui et avait trompé sa
dame. Giacomo s'excusait en disant qu'il
n'avait jamais su que Bernardino fût
amoureux de la dame ; s'il l'avait su,
disait-il, jamais il n'en aurait fait sa maîtresse. Gregorio se mit entre les deux
frères et dit à Bernardino : « Hé ! mon
» frère, que Dieu te soit en aide ! dis-moi
» comment et à quel moment tu as com-
» mencé à entrer en relations avec cette
» dame ; car, pour ce qui est de Giacomo,
» je sais trop bien tout ce qui est arrivé. »
Bernardino raconta toute l'histoire de

son amour telle qu'elle s'était passée.
Alors Gregorio leur dit à tous deux qu'il
avait bien plus de raisons de se plaindre
qu'eux, car il avait aimé la dame avant
eux, et il leur conseilla, pour le peu de
temps que Giacomo avait encore à rester
à Vicence, de s'entendre et de jouir de
la dame à tour de rôle. Cela déplaisait
fort à Bernardino ; cependant, comme il
savait que Giacomo en avait déjà joui,
il y consentit. Quand les deux femmes
furent levées, le matin, elles se regar-
dèrent de travers, de sorte que Pasqua,
effrayée par un méchant coup d'œil de
sa maîtresse, lui dit : « Madame, ce n'est
» pas ma faute, je les ai bien avertis du
» changement des lits, je le leur ai rap-
» pelé plusieurs fois, et je ne sais pas
» comment cela s'est fait. J'en suis déso-
» lée autant que possible, et pour vous
» seulement. — Je crois volontiers, » répondit Madame Lucrezia , « coquine
» que tu es, que cela t'est bien égal, à
» toi ; que Dieu te rende aussi malheu-
» reuse que je désire être heureuse ! Tu
» n'as rien perdu à tout ce qui s'est passé ;

» je ne sais qui me tient que je t'arrache
» les yeux de la tête. Tu as voulu jouir
» de Bernardino, vilaine fille que tu es ;
» mais je te ferai payer cher ce plaisir et
» je m'arrangerai de façon à te faire
» paraître amers comme fiel et comme
» absinthe les baisers de cette bouche
» parfumée. »

La servante pleurait, la pauvrette, elle
soutenait que ce n'était pas sa faute et
qu'elle les avait avertis. La dame ne voulait accepter aucune excuse ; elle disait à
Pasqua qu'elle devait bien s'être aperçue
que celui qui couchait avec elle n'était
pas Ferrante. — « Je ne m'en suis aper-
» çue que trop, » répondit Pasqua,
» mais que pouvais-je y faire ? Je crai-
» gnais que cette sorcière de Menica
» entendît qu'un homme était avec moi ;
» elle aurait fait tout découvrir et ç'au-
» rait été une tache si grande que toute
» l'eau du Bacchiglione n'aurait pas suffi
» à la laver. Chère Madame, je tremblais
» de peur que cette traîtresse de vieille
» s'éveillât et qu'elle entendît les mouve-
» ments de Bernardino, qui, arrivé près

» de moi et croyant que c'était vous,
» m'embrassa étroitement et me donna
» avec sa bouche de miel, qui semblait se
» fondre en douceur, de tendres et amou-
» reux baisers, ce que Ferrante n'avait
» jamais l'habitude de faire. » Ces sottes
paroles de Pasqua accrurent étonnam-
ment la douleur et la colère de la dame,
et si la servante n'avait pas été la confidente de toutes les fredaines de sa maîtresse, celle-ci l'aurait déchirée par mor-
ceaux. Mais Pasqua, voyant sa colère, lui
dit humblement : — « Madame, qu'aurez-
» vous fait quand vous m'aurez donné
» autant de rebuffades qu'il vous plaira ?
» Je me suis mise tant de fois en peine
» pour vous que cette petite erreur
» devrait bien m'être pardonnée. —
» Cela te semble une petite erreur ? »
reprit la dame, « assez, assez, nous règle-
» rons quelque jour ce compte-là. » Les
deux femmes se chamaillèrent longtemps;
enfin, Pasqua eut une heureuse inspiration : « Madame, » dit-elle, « vous savez
» qu'on a l'habitude de dire : *Péché*
» *caché est comme s'il n'avait pas été*

» *commis*. Je suis à peu près sûre que ni
» Bernardino, ni Ferrante ne se sont
» aperçus de l'erreur, parce que nous
» n'avons rien dit la nuit dernière, vous
» à Ferrante, moi à Bernardino, par
» crainte de la maudite vieille. Monsieur
» va retourner à la campagne, vous pou-
» vez dire à Menica que vous vous trou-
» vez bien, que vous n'avez plus besoin
» d'elle et la renvoyer dans sa chambre.
» Après cela, nous ferons venir Bernar-
» dino et Ferrante, nous conserverons
» de la lumière, nous pourrons parler
» tant qu'il nous plaira, et il n'y aura
» ainsi aucune crainte d'erreur. » Madame Lucrezia fut très satisfaite de ce
langage, elle se réconcilia avec Pasqua et
résolut de suivre le conseil qu'elle en
avait reçu.

Peu de temps après, le mari étant
parti, l'occasion se présenta et on fit
venir les amants. Bernardino et Giacomo
s'arrangèrent ensemble ; tantôt l'un, tantôt l'autre allait, accompagné de Ferrante, coucher avec la dame, et ils se
donnaient le meilleur temps du monde.

Puis Giacomo partit et retourna à Rome
prendre sa place dans la maison du cardinal Soderino. Bernardino resta ainsi
seul maître des beautés de la dame, qui,
chaque fois qu'elle le pouvait, le faisait
venir coucher avec elle. Ces relations
durèrent bien des mois et bien des
années. A la fin, par suite de quelques
propos échappés à Ferrante, toute cette
aventure fut sue et parvint aux oreilles
de Madame Lucrezia, qui, certaine
d'avoir couché avec les trois frères, se
trouva la femme la plus malheureuse du
monde, renonça à son amour, ne voulut
plus recevoir Bernardino et se mit à vivre
honnêtement.

Certaines gens prétendent que Gregorio apprit à Giacomo et à Bernardino
un moyen de tromper la dame, qu'il
voulut les faire aller ensemble auprès
d'elle en lui persuadant que l'un était
l'ange gardien de l'autre ; qu'étant effectivement venus tous deux ensemble dans
la chambre, les femmes restèrent stupé-
faites, ne sachant plus distinguer qui
était Bernardino ; que, de cette façon,

les deux frères changeaient alternative-
ment de régime, prenant tantôt la dame
et tantôt la servante. Mais ma grand'mère
a toujours raconté cette histoire comme
je vous l'ai dite. J'ai fini, et il est temps,
car j'entends les petits chiens de Madame
qui arrivent en aboyant : c'est signe que
Madame elle-même descend.

LE BANDELLO

A LA DIVINE

VIOLANTE BORROMEA

FLORENTINE

SALUT

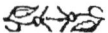

ı *les femmes, de quel rang et de quel âge qu'elles soient, savaient, quand les hommes les poursuivent de sollicitations dans un but malhonnête, combien le renom d'honnê- teté relève leur sexe, quelles louanges il leur vaut et à quel point il les fait aimer et chérir des hommes, elles ne seraient pas si accommodantes et ne se livreraient pas à eux aussi facilement qu'on le leur voit faire très souvent. Les femmes doivent bien savoir, et pour l'avoir entendu dire et pour l'avoir appris par leurs lectures, souvent aussi pour avoir vu ce qui arrive tous les jours, que beaucoup d'entre elles ont été trompées pour avoir été trop confiantes, que généralement les hommes en recherchent autant qu'ils en voient, qu'ils ne se contentent jamais ou presque jamais d'une seule ; et cependant elles donnent constamment dans le panneau et courent à leur ruine aussi certainement que le papillon, attiré par l'éclat de la lumière, court à la mort. Je ne crois pas qu'il y ait à cela d'autres causes que celle-ci : les unes se laissent éblouir parce qu'elles ont trop peu de cervelle, et les autres se persuadent que leur beauté, leurs talents leur attacheront les hommes et feront d'eux à jamais leurs très humbles sujets ; elles se trompent aussi complètement que possible. Votre charmante compatriote Gualdrada, digne d'être à jamais louée et vénérée, ne se comporta pas ainsi ; elle préféra sa réputation d'honnêteté à la faveur et aux bonnes grâces d'Othon III,*

*empereur Romain. Quand Marco-An-
tonio Colonna, ce jeune, sage et vaillant
capitaine, se trouvait logé au vénérable
couvent de S. Maria Novella, après la
défaite infligée par lui à Bartolomeo
Liviano à la Torre di San-Vincenzo,
frère Sébastiano Buontempo, docteur en
théologie et prieur du couvent, raconta
en sa présence tous les détails de cette
histoire. Elle m'a paru digne d'éternelle
mémoire, je l'ai écrite, comme vous le
verrez, et je vous l'ai dédiée. Que pouvais-je faire de mieux que d'offrir l'histoire d'une vierge généreuse à une autre
vierge non moins généreuse et non moins
pure, telle que vous? Persévérez, conti-
nuez à suivre le chemin que vous vous
êtes tracé, et vous verrez s'accroître
chaque jour en vous le goût de la vertu
et des belles lettres ; qui, cultivées en vue
du bien, comme elles le sont déjà par
vous, rendront votre nom immortel dans
les siècles futurs. Portez-vous bien.*

L'EMPEREUR OTHON III

aime Gualdrada sans en être aimé, et il
la marie honorablement

NOUVELLE XVIII

L vous paraît difficile, avez-vous dit, valeureux seigneur, qu'une jeune fille poursuivie par un jeune homme amoureux et oisif, importunée tout le jour par de fréquents messages, lui puisse résister. Je vous ai répondu que ce n'était effectivement pas, selon moi, chose très facile, mais je vous affirme bien que n'importe qui, homme ou femme, ne fait jamais que ce qu'il veut, pourvu qu'il ait pris une résolution.

Je vous ai promis de vous raconter à ce sujet une belle petite histoire, qui est arrivée dans notre très noble cité à une de nos aimables dames ; je vais donc vous la dire maintenant que la guerre vous laisse des loisirs.

Vous devez savoir que l'Empereur Othon III, à son retour de Rome, où il avait en grande pompe reçu du Souverain Pontife Grégoire V la couronne impériale, s'arrêta dans cette ville. Toute la Toscane obéissait alors à l'Empereur qui en confia le gouvernement à Hugon, marquis de Brandebourg, son cousin, homme d'une haute équité et en grande estime dans toutes les nations. Il se trouvait ici le jour de la fête de Saint-Jean-Baptiste, patron de Florence, et comme il assistait à la messe dans l'église de ce saint, où toute la ville était réunie, il vit une très belle fille en âge d'être mariée, dont le père était messer Bellincione Berti de Ravegnagni. Cette jeune fille avait la réputation d'être la plus belle, la plus jolie, la plus charmante enfant non seulement de Florence, mais encore de toute la

Toscane ; partout où elle allait, elle atti-
rait tous les regards. Sa vue charma et
émerveilla l'Empereur ; elle lui plut tellement que, tout le temps qu'il resta dans
l'église, il tint les yeux constamment
fixés sur son beau visage, admirant tantôt
une de ses beautés, tantôt une autre, et ravi
de tout ce qu'il voyait. Peu à peu, sans
s'en apercevoir, il se laissa tellement aller
au plaisir de la regarder, qu'il s'enflamma
pour sa magnifique beauté infiniment
plus qu'il ne convenait à la majesté de
son rang suprême. Plus il la voyait, plus
elle lui paraissait belle ; à chaque instant,
il découvrait en elle quelque nouveau
charme qu'il n'avait pas aperçu d'abord.
Quand l'office divin fut terminé, au grand
ennui de l'Empereur qui aurait voulu
le voir durer toute la journée, la jeune
fille partit avec ses compagnes et l'Empereur revint dans son palais ; la table
était mise, il s'y assit, mais il ne mangea
rien ou presque rien ; son esprit était
uniquement préoccupé des beautés de la
jeune fille qu'il avait vue, et ne pouvant
s'appliquer à autre chose, il se sentait

brûler pour elle d'une telle passion, qu'il
lui semblait impossible non pas seulement d'éteindre, mais même d'amortir
les flammes qui le dévoraient; aussi était-
il fort chagrin et ne savait-il que faire. Il
chargea un chambellan de confiance, auquel il dépeignit ses vêtements et indiqua
l'endroit où elle était placée dans l'église,
de savoir de qui elle était la fille. Le
chambellan se mit en campagne en toute
hâte, et fit si bien qu'il apprit le nom du
père de la jeune fille et le rapporta à
l'Empereur. Celui-ci se fit rendre compte
de la condition du gentilhomme; il
apprit que c'était un très noble personnage, mais pauvre et d'un caractère
léger. Après y avoir longtemps pensé,
bien décidé d'ailleurs à n'employer la
force en aucun cas, il résolut de chercher
à en venir à ses fins par l'intermédiaire
du père. Il le fit donc appeler un jour au
palais et, après avoir renvoyé tout le
monde de sa chambre, il le fit, malgré
ses refus, asseoir à côté de lui. Quand il
fut assis, l'Empereur se mit à lui dire en
soupirant : « Je crois, messer Bellin-

» cione, que vous savez sans doute com-
» bien l'amour est un sentiment naturel
» aux hommes; que ce soit un vice ou
» une vertu, ce penchant à aimer est
» une infirmité dont personne ne se
» préserve et dont tout le monde souffre;
» car il n'y a pas de cœur (de cœur
» d'homme, veux-je dire) qui ne sente à
» son heure, tôt ou tard, l'aiguillon de
» l'amour. Lisez l'histoire sainte, vous y
» verrez que Samson, malgré sa force,
» David, malgré sa sainteté, Salomon,
» malgré sa sagesse supérieure, ont été
» soumis à toute la puissance de l'amour.
» Voyez l'histoire Romaine, l'histoire
» Grecque, celle de tous les autres peu-
» ples : combien n'y trouverez-vous pas
» de personnages qui ont éperdument
» aimé? César, qui fonda le premier
» l'Empire Romain, à qui le monde
» entier obéit, fut l'esclave de Cléopâtre,
» qui manqua rendre Marc-Antoine fou
» d'amour. Que fit Masinissa? Com-
» ment se conduisit Annibal en Apulie?
» Je pourrais vous citer beaucoup d'au-
» tres très illustres personnages, géné-

» raux, rois et empereurs, qui ont laissé
» l'amour pénétrer dans leur cœur et qui
» ont suivi ses drapeaux ; mais je suis sûr
» que vous savez tout cela aussi bien que
» moi. Persuadé aussi que vous êtes
» homme à avoir aimé dans votre jeu-
» nesse, je ne rougirai pas de vous décou-
» vrir ma passion, de vous faire con-
» naître mon ardent désir, et de vous
» demander de m'aider et d'apporter à
» mon mal quelque adoucissement. Si
» cet espoir que je fonde sur vous était
» trompé, je me trouverais pris au dé-
» pourvu et ne saurais vraiment plus
» que faire. Mais je veux croire, et j'en
» suis bien heureux, que je trouverai
» près de vous indulgence, aide et com-
» passion. Vous saurez donc, pour ne
» pas vous tenir en suspens plus long-
» temps, que j'aime votre fille bien plus
» que moi-même. Je me suis efforcé,
» autant que cela m'a été possible, de
» m'arracher du cœur cette passion, mais
» mes efforts ont été inutiles ; et je me
» vois réduit à ce point que, sans l'amour
» de votre fille, je ne puis plus continuer

» à vivre. J'aurais pu faire bien des
» choses que vous imaginerez facilement
» pour l'obtenir, mais je désire que tout
» se passe secrètement. C'est pourquoi
» j'ai eu recours à vous, car je sais que,
» si vous le voulez, vous pouvez me
» donner pleine satisfaction; si vous y
» consentez, ce sera la grandeur pour
» vous et pour votre fille. »

Messer Bellincione, à ces paroles de
l'Empereur, crut avoir trouvé le chemin
de la fortune, puisqu'un si grand prince
s'était épris de sa fille, et il répondit, sans
trop réfléchir : — « Sérénissime Seigneur,
» soyez sûr que ma fille sera toujours
» toute à vos ordres. Je vais aller lui
» parler et je ferai en sorte de vous
» apporter bientôt une bonne nouvelle. »
A cette promesse si absolue, l'Empereur
ne se sentit pas de joie; Bellincione
rentra chez lui, fit venir sa fille dans sa
chambre et lui dit : « Gualdrada » (ainsi
se nommait la belle enfant), « je t'ap-
» porte une bonne nouvelle; tu sauras
» que l'Empereur s'est épris de tes beau-
» tés; il me l'a dit de sa propre bouche;

» et il fera de toi, si tu veux être aimable
» pour lui, une très grande dame. Tu
» sais que, bien que nous soyons nobles,
» nous sommes pauvres; Dieu nous en-
» voie la fortune, sachons la saisir. »
L'altière et honnête jeune fille ne laissa
pas son vilain père parler plus longtemps
et, animée d'une juste colère, elle lui dit :
— « Vous voulez donc faire de moi une
» prostituée, avant même d'être mariée?
» Si j'avais un mari et si vous me teniez
» ce langage, je ne voudrais pas vous
» entendre; vous écouterai-je donc quand
» je suis vierge? Que Dieu m'en soit
» témoin! jamais homme au monde ne
» me possédera, sinon celui qui m'épou-
» sera. Allez, et ne m'en parlez plus. »
Le père demeura tout confus et n'osa
pas ajouter un mot. Il s'en alla, fort
maussade, retrouver avec cette réponse
l'Empereur, qui, en apprenant la sage et
honnête résolution de Gualdrada, fut
désolé et resta longtemps plus semblable
à une statue de marbre qu'à un homme
en vie. Puis, après avoir réfléchi à la
magnanime résolution de la chaste vierge

et l'avoir admirée sans réserve, il dit au
père de Gualdrada : « J'ai résolu de
» montrer au monde en me domptant,
» moi et mes ardentes passions, que si
» je sais vaincre les autres, je sais aussi
» me vaincre moi-même. L'amour que
» j'ai porté et que je porterai toujours à
» votre fille en fournira un témoignage
» éclatant. » Il appela aussitôt son fidèle
chambellan, qui avait nom Guido, et lui
dit : « Guido, nous voulons te donner
» une femme telle que nous la choisi-
» rions pour notre fils. Tu épouseras la
» fille de messer Bellincione, que tu vois
» ici, et pour sa dot nous te donnerons
» le Casentino et beaucoup d'autres do-
» maines que nous possédons dans le
» Val d'Arno. » Il fit ensuite appeler
tous les barons et tous les gentilshommes
de sa cour ; Bellincione partit et revint
conduisant la belle et honnête Gualdrada.
L'Empereur, en présence de tous, rendit
publics et son amour et la noble et sage
réponse de la vierge ; puis il tira de son
doigt un anneau de très grand prix et le
donna à Guido, qui épousa immédiate-

ment la belle Gualdrada. Le jour même
fut dressé l'acte par lequel Othon consti-
tuait la dot promise ; l'Empereur se pro-
clama à jamais le chevalier de Gualdrada ;
quand Guido l'eut épousée, il la baisa au
front, la recommanda à Dieu et ne voulut plus la revoir. De Guido et de
Gualdrada sont venues deux très illustres
familles, celles des comtes Guidi et des
comtes de Puppio, qui conservèrent longtemps les biens que l'Empereur leur avait
donnés dans le Val d'Arno et dans le
Casentino. Elles furent ensuite, au temps
de Philippe Visconti, duc de Milan,
chassées du territoire de notre république; quelques-uns de leurs membres
se retirèrent en Romagne, et c'est d'eux
que descendent les comtes de Bagno, qui
possèdent aujourd'hui beaucoup de domaines dans le pays de Cesena.

LE BANDELLO

A ILLUSTRISSIME SEIGNEUR

LE SIGNOR GERONIMO ADORNO

SALUT

OMME *ils se trompent, cher et magnanime Seigneur, ces maris qui méprisent l'amour de leurs femmes et qui courent après les femmes des autres! Les malheureux événements qu'on voit se passer chaque jour prouvent bien leur erreur, et vous la comprendrez aisément à la lecture d'une Nouvelle que j'ai écrite, il y a bien longtemps, quand j'étais à Rome, et que je vous dédie. Il*

ne faut pas croire que ce soit une moindre
erreur que commettent ces femmes qui,
s'apercevant que leurs maris vont jouir
du bien d'autrui en ménageant le leur,
s'ingénient de toutes les façons à leur
poser sur la tête le cimier du cerf. Car
si les maris encourent le blâme le plus
sévère, les femmes qui rompent la foi
conjugale méritent un châtiment rigoureux pour avoir imprimé au front de
leurs époux une tache si honteuse, si
ineffaçable aux yeux du monde. J'ai été
un jour, sous Jules II, souverain pontife,
à Rome, au château Saint-Ange, où
j'avais à traiter quelques affaires avec le
très savant et très illustre Sigismondo da
Foligno, secrétaire dudit Jules. Je le
trouvai en compagnie de Gian-Battista
Almadiano, docte personnage, secrétaire
de Monseigneur Olivera Caraffa, cardinal de Naples, et d'autres gentilshommes,
parmi lesquels mon très aimable ami
Angelo dal Bufalo. On causait d'un mari
qui, ce jour-là même, avait tué sa femme,
pour l'avoir trouvée avec un courtisan.
Angelo dit que ce mari-là avait été plus

*avisé que certain autre Romain, et tout
le monde le pria de raconter l'aventure à
laquelle il faisait allusion. Il s'en excusa
en disant qu'elle n'était guère convenable, mais l'Almadiano lui répondit
qu'il n'y avait de mal ni à raconter, ni à
lire, ni à écouter le récit d'actions
réelles, que le mal était de les avoir commises ; il nous raconta donc l'histoire.
Comme il lui arriva de citer le nom de
votre père, d'heureuse mémoire, j'ai eu
l'idée de vous dédier cette Nouvelle ; elle
aura ainsi un patron comme les précédentes. Elle vous rappellera quelquefois,
au milieu de ce grand mouvement des
affaires que vous maniez et qui intéresse
toute l'Europe, votre Bandello que vous
avez jadis tant aimé. Mais que dis-je ?
Je suis bien sûr que votre amitié pour
moi est ce qu'elle était à Milan ; j'en ai
pour garants les liens de famille qui
existent entre votre illustrissime maison
et la mienne, par Madame Adornina,
fille du signor Prospero Adorno et femme
du magnifique docteur et chevalier Giovan-Antonio Bandello, mon oncle ; et,*

d'ailleurs, vous savez combien je vous aime, vous respecte et vous honore. Portez-vous bien.

FAUSTINCA ET CORNELICA

*Romaines, deviennent filles publiques et
conservent, à force de ruse,
les bonnes grâces de leurs maris*

NOUVELLE XIX

uisque le signor Gian-Battista Almadiano me rassure, messeigneurs, et m'enlève toute crainte d'être blâmé, je vais vous raconter aussi brièvement que je le pourrai comment deux dames Romaines traitèrent ignominieusement leurs maris et comment, après être allées comme des filles publiques dans un bordel, elles ont été prises par eux pour de bonnes et chastes femmes. L'histoire que je vous dirai tout

à l'heure m'a été contée en détail, il y a
bien longtemps déjà, par une personne
digne de foi, qui savait toute la comédie.

Il y avait à Rome sous le pontificat
d'Alexandre VI, un citoyen Romain
nommé Marco-Antonio qui, fort riche
en biens fonds et en bétail, prit pour
femme une certaine Faustina, Romaine,
aussi riche que lui et d'aussi bonne
famille, mais beaucoup plus effrontée et
plus rusée qu'il ne convient à une femme.
Il arriva que, peu de jours après son
mariage, Marco-Antonio vit une jeune
femme mariée à un autre citoyen Romain et qui passait alors pour une des
plus belles femmes de Rome, mais très
peu aimée de son mari ; il l'eut à peine
vue qu'il s'enflamma outre mesure pour
sa délicieuse beauté. Il se laissa emporter
par sa passion à tel point qu'il lui donna
tout son amour et qu'il lui semblait ne
plus pouvoir vivre sans la voir. Il n'eut
donc plus d'autre souci que de passer
souvent devant sa maison et de fréquenter continuellement l'église où elle
allait. Puis, quand il lui sembla qu'elle

lui faisait assez bonne mine, il la fit poursuivre de ses messages. Non content de cela et riche comme il l'était, il s'efforçait de se la rendre favorable en lui faisant des cadeaux comme on en fait à des dames de plus haute condition. A force de temps, la jeune femme, qui s'appelait Cornelia, et qui n'avait pas encore donné signe de vie, fit dire à son amant que, s'il n'avait pas été mariée, elle aurait été toute à lui, et qu'elle aurait volontiers abandonné son mari pour le suivre où il aurait voulu. Le mari de Cornelia était un jeune drôle qui se conduisait mal, qui ne s'occupait pas d'elle et qui courait tout le jour tous les mauvais lieux de Rome, dépensant honteusement sa fortune. Quand Marco-Antonio, qui était follement amoureux de Cornelia, reçut son message, il eut l'idée de se sauver avec elle après avoir tué sa femme; mais il voulait vendre d'abord tout ce qu'il pourrait et se faire une bonne somme d'argent pour avoir le moyen de vivre. Ayant pris cette affreuse résolution et s'y étant arrêté, il la fit connaître

à Cornelia par un intermédiaire, en lui
promettant de ne l'abandonner jamais et
d'emporter avec lui tant d'argent et de
pierres précieuses, qu'ils pourraient vivre
à l'aise partout où cela leur plairait. Tout
cela convint à Cornelia, qui voulait
prendre son vol, comme les faucons, et
elle le fit dire à Marco-Antonio. A cette
nouvelle, celui-ci, pour être mieux monté
et pouvoir vendre plus facilement son
bien, fit répandre le bruit qu'il voulait se
faire marchand et aller en Syrie avec
des Génois. Il se mit donc à vendre
aujourd'hui ceci, demain cela; il donnait tout à bon marché pour s'en débar-
rasser plus vite. Il voulait que Faustina,
sa femme, vendît ses vignes et d'autres
biens qu'elle avait, mais elle n'y consentit jamais. Il y avait alors à Quai, sur
le Tibre, un gros bateau Catalan qui
attendait d'heure en heure le moment
de partir. Marco-Antonio l'apprit et
résolut d'en profiter; il en donna avis à
Cornelia pour qu'elle se préparât à faire
ce qui aurait été décidé. Le messager
qui ourdissait la trame entre les deux

amants, éprouva quelque pitié et prévint
en secret Faustina; Dieu ne permettait
pas que des projets aussi criminels vins-
sent à bonne fin. Quand Faustina apprit
que son mari voulait la tuer et s'enfuir
avec Cornelia, elle fut frappée de peur
et d'étonnement, et resta un long espace
de temps plus semblable à une statue de
marbre qu'à une femme en vie. Elle
finit cependant par recouvrer ses forces
et chasser sa terreur, et elle se rendit
bien compte que son mari voulait la
tuer, non pas parce qu'elle avait manqué
à ses devoirs, mais seulement parce qu'il
éprouvait pour Cornelia un amour
ardent et sensuel. Elle remercia chaudement le messager, lui remplit les mains
d'argent et lui promit que jamais elle ne
le dénoncerait; elle finit par le prier en
grâce de ne pas manquer de lui faire
savoir le moment du départ. Il promit
de la tenir toujours au courant. Quand
il fut parti, Faustina se mit à surveiller
son mari : elle vit qu'il vendait un jour
un champ, un autre jour une vigne ; elle
se rappela qu'il avait voulu lui faire

vendre ses biens fonds, et se tint pour
assurée que tout ce qu'on lui avait
dit était vrai. Voulant alors à la mine
de son mari opposer une autre mine,
elle s'entendit secrètement avec un excellent ouvrier en bois et fit faire une statue
de sa taille, mais arrangée de telle façon
qu'une peau de bête s'y adaptait très
bien. Comme elle savait que son mari
voulait la tuer, elle arrangea sur cette
statue quelques vessies pleines d'une eau
rouge assez épaisse pour avoir l'air d'être
du sang. Elle avait l'habitude en été, à
midi, de se mettre au lit et d'y dormir
une heure ou deux. C'est à ce moment-
là que son mari la voulait tuer. Quand
l'heure fut venue, elle alla dans sa
chambre et arrangea dans son lit la
statue faite à son image, si bien qu'il
semblait vraiment que c'était Faustina
elle-même qui était couchée là. Elle
avait encore disposé quelques ficelles
pour faire remuer à son gré la statue,
en se tenant sous le lit. Déjà elle avait
mis en ordre tout ce qu'elle voulait emporter avec elle, son bagage de mains,

comme disent les soldats; elle dit à sa servante qu'elle voulait dormir, et se coucha sous le lit après avoir fermé ses fenêtres.

Le mari rentra chez lui et, apprenant que sa femme dormait, renvoya deux femmes qui étaient occupées à divers services dans la maison, et auxquelles il fallait deux heures pour revenir. Il s'était débarrassé déjà de tous les serviteurs qu'il avait coutume d'employer. Cela fait, il vint dans la chambre où il croyait trouver sa femme endormie. Aussitôt arrivé, il se dirigea, en faisant le moins de bruit possible, vers le lit; comme il avait laissé la porte ouverte, il y avait dans la chambre un peu de clarté qui lui laissa voir, ainsi qu'il s'y attendait, la dame couchée à plat-ventre sur son lit. Il étendit la main gauche et la posa sur la tête de la statue; puis il tira un poignard et l'en frappa dans le dos de toute sa force. Faustina, qui était sous le lit, sentit la secousse, et elle tira la ficelle de sorte que la statue remua dans tous les sens. Marco-Antonio, voyant que

sa femme voulait se lever, lui donna un
second coup qui la traversa de part en
part. Dès son premier coup, il était sorti
pas mal de liqueur rouge, il en fut de
même au second; quand il vit ensuite
que sa femme ne remuait plus, voulant
la faire disparaître, il prit la statue et la
jeta dans un retrait attenant à la chambre. Il avait déjà fait monter Cornelia,
vêtue en page, sur le navire; il y avait
de plus envoyé, comme cela était convenu avec le capitaine, une cassette où
étaient enfermés son argent et ses bijoux.
Quand il eut fermé la chambre, il s'y
rendit aussi.

A peine eut-elle entendu que son mari
s'en allait et qu'il était déjà hors de la
maison, Faustina ôta les vêtements
qu'elle portait, et qui étaient à la mode
Romaine, revêtit des habits de courtisane, qu'elle avait préparés, prit ensuite
le peu d'argent qu'elle avait, quelques
chemises, quelques petits objets, et s'en
vint au bord de l'eau. Là, elle s'entendit
avec le patron du bateau sur lequel
était Cornelia, en se faisant passer pour

être de Barcelone, ce qui lui était facile,
parce qu'elle savait à merveille l'Espagnol. Comme elle était jeune et fort
belle, qu'elle était vêtue en courtisane
et prenait des manières de putain, elle
se mit au service de tous ceux qui étaient
sur le navire, je ne dis pas en déployant
les voiles ou en faisant office de matelot,
mais en leur donnant ce que les hommes
demandent communément aux femmes ;
pour un baïoque, l'avait qui voulait. Le
bateau n'était pas encore sorti des bou-
ches du Tibre qu'elle avait déjà couru
plus de quinze postes à cheval. Quand
on fut en pleine mer, on s'achemina vers
Civita-Vecchia pour gagner Gênes. Il
faisait très beau temps ; deux jours se
passèrent, pendant lesquels Marco-Antonio fit rester Cornelia sous le pont du
navire avec la cassette. Quand il vit
l'extrême familiarité de Faustina avec
les matelots et les passagers, il la regarda
avec plus d'attention, et il lui sembla
vraiment que c'était sa femme. Mais,
l'entendant parler Espagnol et la voyant
se livrer à bas prix à qui la voulait

prendre, sachant bién, d'ailleurs, comment il avait accommodé sa femme de sa propre main, il crut que celle-ci était réellement quelque courtisane de Rome, et il lui prit envie d'essayer comment elle trottait. Il s'approcha donc et voulut l'embrasser, mais elle le repoussa d'un air méchant en lui portant les mains sur la poitrine, et lui dit : « Va-t-en à la po-
» tence, brigand que tu es ; comment
» as-tu l'audace de t'adresser à n'importe
» quelle femme, toi qui as tué la tienne ?
» Que Dieu t'envoie le feu du ciel pour
» te brûler ! J'aurais cent mille trous
» propres à faire le bonheur des hommes
» et tu me proposerais de me donner le
» monde entier, de me faire impéra-
» trice, que je ne t'en prêterais pas un.
» Tu avais à Rome pour femme une
» jeune, noble et très belle dame, et tu
» as été son bourreau pour plaire à une
» autre femme en puissance de mari.
» Quand je suis venue m'embarquer, je
» suis passée par ta rue, j'ai vu beau-
» coup de monde dans ta maison, j'y ai
» entendu beaucoup de bruit et j'y suis

» entrée en compagnie d'une foule de
» personnes; j'ai vu ton lit tout plein de
» sang. Il est vrai qu'on n'avait pas
» encore trouvé le corps de ta femme,
» mais sois tranquille, misérable chien
» que tu es, Dieu te punira. Va-t-en au
» diable, qu'il te rompe le cou, et sors
» de ma présence, homme de rien. »
Elle prononça ces paroles moitié en Espagnol, moitié en Italien, s'exprimant
comme ont coutume de le faire les gens
d'au delà des monts quand ils veulent
parler Italien. A ces reproches, l'homme
resta tout confus et hors de lui.

On était près de Porto-Venere et on
allait arriver au port, quand s'éleva une
épouvantable tempête qui poussait le
navire à terre; on vit bientôt qu'on ne
pouvait pas le faire entrer au port, et,
dans la crainte qu'il ne se brisât sur
quelque écueil, on résolut de l'alléger
pour sauver la vie de ceux qu'il portait.
On se mit donc à jeter à la mer les
marchandises et tout ce qui tomba sous
la main des matelots; on portait sur le
pont les coffres, les ballots, les cassettes,

tous les paquets; on finit par prendre aussi la caisse de Marco-Antonio pour la jeter à la mer. Cornelia, qui était habillée en homme, vint sur le pont en criant et voulut empêcher qu'on jetât à la mer cette caisse : Marco-Antonio accourut aussi; mais les matelots, sans égard pour personne et ne songeant qu'à sauver leur vie, jetèrent la caisse à la mer; Cornelia, qui s'y était accrochée de toutes ses forces, fut aussi précipitée. Le navire, poussé par le vent, volait sur les flots, de sorte que personne ne put lui porter secours, et que le malheureux Marco-Antonio fut sur le point de la suivre. Il finit par voir cependant qu'il n'y avait pas de remède, et prit son parti le mieux qu'il put. La mort de sa chère Cornelia ne lui faisait pas autant de peine que la perte de son argent et de ses bijoux, qui étaient dans la caisse.

Le navire touchait au promontoire que les Génois appellent Capo di Monte quand arriva cet évènement. Le vent, qui poussait à terre, rendit inutiles les efforts des matelots, qui cherchaient à

regagner la haute mer ; bientôt il n'y eut
plus de remède, le navire se brisa sur les
écueils voisins de Rapallo, mais tout le
monde fut sauvé. Quand on fut à terre,
celui-ci prit une route et celui-là une
autre, comme il arrive dans ces sortes
de naufrages. Faustina, qui s'était fait
appeler Giulia sur le navire, voulut savoir
ce que ferait Marco-Antonio et le suivit,
emportant avec elle les petites choses
qu'elle avait sur le navire. Marco-Antonio, se voyant à terre, et n'ayant pas un
baïoque-vaillant, ne savait que faire ; il
eut alors une violente envie de se tuer.
Pour sortir de sa misère, il s'achemina
donc vers un bosquet qui était sur une
colline voisine ; arrivé là, ne pensant être
vu par personne, il prit sa ceinture et
les cordons de ses chausses, en fit un
lacet qu'il noua autour de son cou,
monta sur un arbre, attacha le bout du
lacet à une branche et se laissa tomber ;
mais le lacet, trop faible pour supporter
son poids, se cassa, et il tomba à terre
sans se faire de mal. Faustina, qui l'avait
toujours suivi et qui s'était cachée non

loin de là dans les broussailles, sortit de
sa cachette et se mit à l'accabler d'injures.
Lui, se voyant découvert, se tourna vers
la dame et lui dit : « Belle fille, puisque
» te voici, je te prie de vouloir bien me
» faire la grâce de me prêter un de tes
» voiles, afin que je puisse me pendre,
» parce que je ne veux plus vivre. »

N'était-ce pas assez pour Faustina,
compatissants Seigneurs, de voir son
mari réduit à un état assez misérable
pour préférer une mort, même honteuse,
à la vie; n'était-ce pas assez pour elle
de lui avoir planté des cornes sur la tête,
sous ses yeux, avec cent vauriens, et de
lui avoir infligé autant d'outrages qu'elle
l'avait voulu? Elle n'était cependant pas
encore rassasiée de vengeance, et elle
résolut de se donner le plaisir de le voir
donner des coups de pieds au vent.
Toute joyeuse, elle lui dit : — « Ma foi,
» Romain, je veux bien, quoique tu ne le
» mérites pas, t'aider en cette circon-
» stance et te prêter un lacet pour te
» rompre le cou, afin que tu aies la
» mort honteuse qui convient à un scé-

» lérat tel que toi, et que tu ailles aux
» cent mille diables. » Après avoir ainsi
parlé, elle détacha son petit paquet et
donna à son mari la corde qui le liait.
Celui-ci, aidé par Faustina, monta sur
un chêne, attacha la corde à une branche,
puis, ayant fait un nœud coulant qu'il
se mit au cou, il se laissa tomber à terre
en se donnant une forte secousse. La
branche, qui paraissait de force à soutenir un poids considérable, se rompit
tout à coup et tomba sur le sol avec
Marco-Antonio. Sa femme se remit à
l'injurier et lui dit en souriant : — « Vois
» maintenant, misérable Romain, si tu
» es odieux à la nature entière ; tu
» veux te pendre et les arbres eux-mêmes
» dédaignent de soutenir une aussi vile et
» abominable charogne que toi. Tu peux
» penser comment vont tes affaires. Qu'il
» aurait mieux valu pour toi, pauvre
» malheureux, de te noyer avec ta
» catin, quand nous étions en mer! »
A ces paroles, l'infortuné Marco-Antonio
répondit les larmes aux yeux : — « Que
» vais-je faire, belle jeune fille, si je ne

» puis sortir de la vie? Je suis hors de
» moi. J'ai tué ma femme, perdu ma
» maîtresse, mon argent et tout ce qui
» m'était resté; je me suis enfui de ma
» patrie, et si maintenant je ne puis sortir
» de peine en mourant, que veux-tu que
» je devienne? Si seulement j'avais un
» couteau, tu verrais bien que je saurais
» m'ouvrir ce cœur dépravé. » Ce langage inspira à la femme quelque pitié :
— « Que Dieu te pardonne, Romain, »
dit-elle, « ce qui est fait est fait; il n'y
» a plus de remède. Si je te croyais
» capable de changer d'habitudes, si tu
» voulais être avec moi un autre homme
» qu'avec ta femme, j'aurais pitié de toi
» et je te mettrais entre les mains un
» moyen qui nous tirerait d'affaire tous
» les deux. Mais j'ai bien peur qu'à la
» première femelle que tu verras et qui
» te plaira, tu ne me plantes là; peut-
» être même feras-tu de moi ce que tu
» as fait de ta femme. Tu me sembles
» avoir si peu de cervelle que je ne sais
» que penser de toi. — Que veux-tu que
» je fasse ? » répondit Marco-Antonio.

« Peut-être ce que tu vas me dire sera-
» t-il de nature à me sauver la vie, et
» alors je t'en resterai à jamais recon-
» naissant. — Ecoute, » répliqua alors
la dame, « je suis Giulia de Barcelone ;
» j'ai été amenée à Rome dès mon
» enfance, et j'ai eu assez de chance pour
» amasser quelques centaines de ducats.
» Si tu veux me jurer que tu me tiendras
» bonne compagnie, je serai à ta dispo-
» sition et nous irons dans quelque ville
» près d'ici, où tu me mettras à gagner
» de l'argent et nous nous donnerons
» le meilleur temps du monde. » Le
parti parut excellent à Marco-Antonio ;
il lui promit et lui jura tant qu'elle voulut de faire toujours sa volonté.

Ils s'en allèrent donc de compagnie
dans une ville voisine, où les gens du
pays leur apprirent qu'ils étaient tout
près de Gênes. Leur résolution fut bientôt prise de s'y rendre et d'y ouvrir bou-
tique, et ainsi fut fait. Je ne sais vraiment que penser de cette diablesse de
femme : ne vous semble-t-il pas qu'elle
traite son mari avec assez de sans façon ?

Elle aurait dû se contenter d'avoir été
fille publique sur le navire, sans vouloir
encore faire de son mari son maquereau
à Gênes. Que chacun demande à Dieu
d'être préservé de semblables femmes !
Les voilà donc à Gênes, où, à peine
eurent-ils une chambre dans le bordel,
qu'ils s'occupèrent de gagner de l'argent.
Je puis vous dire que Faustina fit merveilles de son corps, étant chaque soir,
plutôt lasse que rassasiée. Longtemps
ils exercèrent ce honteux métier, et elle
ne se trouvait cependant pas encore assez
vengée de son mari. Or il arriva qu'on
donna l'assurance aux parents de Faustina que Marco-Antonio vivait à Gênes
avec une certaine Giulia de Barcelone,
dans le bordel de cette ville. Comme on
avait trouvé le lit de Faustina plein de
sang et qu'il n'y avait pas trace de son
corps ; comme, d'un autre côté, on était
presque sûr que Marco-Antonio avait
emmené Cornelia, les parents, aussitôt
cette nouvelle reçue, allèrent se plaindre
au pape et obtinrent de lui un bref
adressé au gouverneur de Gênes. Il y

avait alors pour gouverneur dans cette
ville, au nom de Ludovic Sforza, duc de
Milan, un homme de grand talent et
d'une haute équité, le seigneur Agostino
Adorno, qui, au reçu du bref Aposto-
lique, résolut de le mettre à exécution.
Il avait pour secrétaire un de ses sujets
de Castelletto, qui maintes fois avait
emmené coucher avec lui Faustina, qu'il
connaissait sous le nom de Giulia de
Barcelone. Ayant vu le bref, il dit tout à
Giulia. Celle-ci, à demi fâchée du malheur
de son mari, lui dit tout à son tour. Le
pauvre Marco-Antonio se tint pour mort
et ne savait plus que faire. Mais elle, qui
ne voulait pas la mort de son mari, lui
dit : « Reprends courage, Marco-Anto-
» nio, si tu veux faire ce que je te dirai,
» tes affaires iront bien. Je t'ai plusieurs
» fois entendu dire que je ressemble
» extrêmement à celle qui fut ta femme ;
» si cela est vrai, épouse-moi et dis-moi
» les noms de tes parents, je me les met-
» trai bien dans la tête ; tu pourras ainsi,
» quand le gouverneur t'appellera, lui
» dire que je suis Faustina et qu'il nous

» est bien permis de faire de nos corps
» ce qu'il nous plaît. » Cette suggestion
plut merveilleusement au maître sot;
il s'y rendit et épousa la dame. Le
gouverneur, l'ayant cité devant lui ce
jour-là même, le fit interroger en sa présence par son secrétaire : il répondit
qu'il était parti de Rome avec sa femme;
que, par un malheureux hasard, son
argent et tout ce qu'il possédait avait été
jeté à la mer; que, n'ayant d'autre moyen
de vivre il en avait été réduit à faire ce
que chacun savait; puis il fit appeler sa
femme en témoignage. Elle se présenta
effrontément, et, interrogée de son côté,
fit la même réponse.

Il y avait alors à Gênes un jeune
homme qui était venu de Rome porter
le bref; c'était l'intendant des parents
de Faustina, et il la connaissait très
bien. On le fit venir, et malgré les vêtements de la dame, malgré la méchante
vie qu'elle avait menée et qui l'avait
quelque peu changée, il crut cependant
la reconnaître. Ensuite elle rendit si bon
compte d'elle-même et de son mari, de-

puis le jour où il l'avait épousée à Rome,
que l'intendant ne sut quelle objection
faire. Marco-Antonio en fit autant, et fut
toujours d'accord avec Faustina. Ils
continuèrent donc à gagner leur vie à la
sueur de leur corps.

J'ai suivi de si près Marco-Antonio et
Faustina que j'en ai presque oublié Cornelia qui, tombée à la mer, eut l'heureuse fortune de s'attacher à la caisse,
de s'y appuyer la poitrine, si bien qu'elle
fut poussée par les vagues jusqu'à la
terre, où elle arriva plus morte que vive.
Elle se trouva près d'un village de la
rivière du Levant. Une bonne dame
était descendue pour ses affaires au bord
de la mer, avec ses deux filles déjà
grandes ; elle vit le coffre et, à côté, un
homme, car Cornelia était vêtue en
homme. S'apercevant que le naufragé
n'était pas mort, et apprenant de lui que
c'était une femme, elle fit enlever par
ses filles et porter chez elle le coffre ;
elle-même aida Cornelia à se soutenir.
Aussitôt arrivées à la maison, elles firent
un bon feu et Cornelia revint à elle.

Pour ne pas se montrer ingrate envers
la bonne femme qui l'avait tirée du
danger, elle lui donna tant d'argent que
l'autre se déclara satisfaite.

Déjà Cornelia s'était habillée en femme
avec les vêtements qu'elle avait dans sa
caisse, et, comme elle était fort belle, un
batelier du pays se mit à prendre avec
elle quelques privautés et finit par la
posséder; il se rendit maître non seulement de sa personne, mais encore de
tout ce qui lui appartenait. Il arrive souvent qu'un vilain n'apprécie pas le bien
qu'il a; ainsi le batelier traitait Cornelia
tout à fait sans façon. Elle jeta les yeux
sur un homme du même pays et, un
jour que le batelier n'était pas à la maison, elle s'en alla avec cet homme, emportant tout son bagage. Ce nouvel
amant, qui n'avait ni une maison ni un
abri, retint quelques jours Cornelia dans
les pays de la rivière du Levant, faisant
fête à son argent et dépensant sans
compter. Puis ils vinrent ensemble à
Gênes; là, au bout de cinq ou six jours,
le bon compagnon vola tout l'argent et

tous les bijoux de Cornelia, et s'enfuit je
ne sais où. La pauvre femme, se trouvant seule et ne sachant où donner de la
tête, fit tant qu'elle loua une pauvre
chambre près du lupanar public; elle s'y
tenait au service de tous ceux qui voulaient d'elle. Cornelia était d'une grande
beauté; elle eut bien vite tant d'amateurs
que parfois elle avait à peine le temps de
manger.

Marco Antonio, qui entendait vanter
Cornelia par tout le monde, la vit un
jour en passant; il ne la reconnut pas,
mais il la trouva avec raison très belle.
Il avait à ce moment-là prêté sa femme
à un gentilhomme, qui l'avait emmenée
à sa campagne à Terra Alba, où elle
resta presque une semaine entière. Marco
Antonio voulut coucher avec Cornelia;
il la trouva seule dans sa chambre au
moment même où sortait un quidam qui
venait de la pratiquer; il se mit auprès
d'elle et la salua. A peine se furent-ils
regardés bien en face qu'ils se reconnurent, au grand étonnement l'un de
l'autre. Cornelia se sentit prise tout à

coup d'une de ces rages folles, comme en
ont les femmes, et se tournant vers lui
avec un visage de belle-mère, elle lui dit :
« Sois le bienvenu, sois le bienvenu, toi
» qui as été l'assassin de ta femme et qui
» as indignement trompé celle qui te
» montrait tant d'amour. Tu te figures
» que tu vas recevoir quelque plaisir de
» moi, que tu as laissée jeter à la mer
» comme une ordure ? Tu as l'audace
» de paraître devant moi ? Va-t-en au
» diable ! puisse-t-il entraîner pour jamais
» ton âme et ton corps ! » Le pauvre
Marco Antonio s'efforça de l'apaiser ;
mais il ne put jamais la décider à lui prêter son mortier pour faire de la sauce, et
il dut s'en aller, rebuté par elle. Il était
vraiment bien triste, ayant à la fois sa
femme et sa maîtresse au bordel, et se
voyant refuser par elles ce qu'elles donnaient pour un baïoque à un tas de misérables vauriens. Vrai est qu'il méritait
bien n'importe quelle honte ; car, mari
d'une belle et honnête dame, il n'avait
pas su se contenter de ses embrassements, il en avait recherché d'autres, et,

comme on a coutume de dire, il avait
voulu meilleur pain que le pain de froment. Cela ne veut pas dire que Faustina
mérite autre chose que le blâme, car, si
coupable qu'ait été son mari, elle ne
devait pas, après avoir été honnête, devenir une prostituée.

Quand Marco Antonio eut quitté Cornelia et qu'il se mit à songer au temps
passé, il revint à ses premières amours et
s'enflamma pour elle plus que jamais. Il
lui semblait ne pouvoir vivre sans elle ;
il essaya mille moyens de l'enlever à
celui qui l'exploitait. Mais le bon compagnon, qui réalisait de gros profits en
prêtant Cornelia et qui savait que Marco
Antonio avait une femme au bordel,
s'arrangea de manière à faire savoir à
cette femme comment se conduisait son
homme. Faustina s'informa et sut qu'il
s'agissait de Cornelia ; elle craignit que
son mari ne s'enfuît avec elle une seconde fois, et se trouvant désormais assez
vengée, elle se décida à mettre fin à une
si longue et si honteuse comédie. Elle
s'arrangea pour écrire à Rome, par l'in-

termédiaire de certains marchands, à une
de ses tantes qui était abbesse d'un couvent de religieuses. Dès que celle-ci reçut
la lettre de sa nièce, qu'elle croyait
morte, elle fit ce qui lui était demandé ;
elle écrivit à Marco Antonio que, dans
son intérêt et pour son plus grand bien,
il devait absolument venir à Rome
déguisé en pèlerin et se présenter au couvent. Le ton de cette lettre était vif et
pressant, et Marco Antonio connaissait
la dame qui la lui écrivait pour une
femme d'excellente renommée. Il avait
en elle la plus grande confiance, ayant
plusieurs fois éprouvé sa sagesse et son
autorité en plusieurs circonstances gra-
ves ; il résolut donc de renoncer au
honteux métier qu'il faisait, de plan-
ter là son Espagnole et de ramener Cornelia à Rome. Il trouva deux ou trois
fois moyen de lui parler, et il lui en dit
tant qu'elle aussi, désireuse de sortir de
toutes ses peines, se disposa à aller à
Rome avec lui. Faustina, qui le surveil-
lait tout le jour et qui savait les projets
qu'il formait, faisait semblant de ne

s'apercevoir de rien. Marco Antonio fit donc faire des habits de pèlerin pour lui et pour Cornelia ; un beau jour, il partit avec elle, et, dégoûté des hasards de la mer, il suivit la voie de terre par la rivière du Levant, ensuite par la Toscane jusqu'à Rome. Ce jour-là même, Faustina monta dans une carriole qui allait à Rome, où elle arriva plus de dix jours avant Marco Antonio. Elle alla aussitôt trouver incognito sa tante l'abbesse, qui la reçut très gracieusement et la mena dans sa chambre. Là, on mit au courant de ce qui se passait deux des plus anciennes mères du couvent, puis on fit en sorte qu'au bout de deux ou trois jours les religieuses s'aperçurent que leur abbesse avait du monde dans sa cellule. Cela fit grand scandale dans le monastère ; alors l'abbesse fit sonner pour réunir le chapitre, et quand toutes les sœurs furent rassemblées, elle leur dit :

« Mes chères filles, il m'est venu aux » oreilles que beaucoup d'entre vous » croient que j'ai un homme dans ma » cellule. Vous me connaissez depuis

» tant d'années, et ma vie s'est toujours
» si bien montrée au grand jour, qu'au-
» cune de vous ne devrait avoir sur mon
» compte de mauvais soupçons; cepen-
» dant, j'aime votre zèle pour l'honneur
» de cette sainte congrégation : que
» notre Seigneur Dieu vous bénisse et
» vous reçoive en sa sainte grâce! Je ne
» puis, d'ailleurs, ni ne dois vous cacher
» la personne que j'ai dans ma cellule
» depuis tant de jours; je vais vous la
» montrer à toutes, mais je ne veux pas,
» sous peine de manquer à votre serment
» d'obéissance, que vous révéliez ce
» secret aux laïques. » Puis elle se tourna
vers les deux vieilles nonnes, leur donna
les clefs de la chambre et leur dit :
« Mes mères, allez à ma cellule et rame-
» nez-nous ici la personne que vous y
» trouverez. »

Les religieuses partirent et conduisi-
rent Faustina au chapitre ; elle avait les
cheveux coupés et était habillée en sœur;
elle se présenta en faisant des mines et
des révérences telles, qu'elle semblait
vraiment avoir passé sa vie à dire des

Pater noster et des *Ave Maria*. Sur
l'ordre de l'abbesse, elle prit la parole :
    « Mes révérendes mères, « dit-elle,
« il y a plus de sept mois déjà, un jour
» que je faisais la sieste à midi, mon
» mari, Marco-Antonio, me donna deux
» coups de poignard, et me traversa de
» part en part ; il crut que j'étais morte,
» et me jeta dans les latrines de ma
» chambre. J'ai eu, depuis mon enfance,
» une grande dévotion pour Notre-
» Dame-de-Lorette ; en me sentant
» tomber, je me rattrapai à une poutrelle
» qui se trouva sous ma main, je fis
» vœu d'aller pieds nus à Lorette et
» d'offrir au sanctuaire une image tra-
» versée deux fois de part en part d'un
» poignard. A peine eus-je prononcé ce
» vœu, je me sentis saine et sauve, si
» bien que je n'ai même pas une cica-
» trice apparente. Échappée de ces
» latrines, je me rendis ici, où ma tante
» m'a donné asile, grâces lui en soient
» rendues ! et ces deux vénérables mères
» ont eu la bonté de m'y nourrir pen-
» dant de si longs jours. » Les saintes

nonnes avaient le visage baigné de larmes; elles crurent si bien cette histoire
qu'elles eussent toutes, sans exception,
affirmé par serment que Faustina avait
passé tout ce temps-là au coùvent. De
son côté, Faustina s'arrangea de façon
que le serviteur qui l'avait prévenue des
desseins homicides de son mari, enlevât
des latrines la statue que son mari y
avait jetée à sa place. Elle se comporta
ensuite si adroitement avec les religieuses,
que toutes la tenaient pour la plus honnête dame qui fût à Rome.

Marco-Antonio arriva avec Cornelia,
et alla aussitôt voir l'abbesse, qui lui fit
bon accueil, et qui lui dit, après les premiers compliments : « Tu dois savoir,
» Marco-Antonio, mon cher neveu, que
» si je ne t'aimais comme un fils, je ne
» t'aurais pas fait venir ici, et, si j'avais
» su plus tôt où tu étais, je n'aurais pas
» tant tardé. On a coutume de dire, mon
» fils, qu'il est plus facile de regretter le
» passé que de le changer. Qui peut faire
» que ce qui est fait n'ait pas été fait?
» Tu sais quelle vie tu as menée à Gênes;

» dès que j'en ai eu connaissance, je t'ai
» fait chercher. Si tu te décides à vivre
» honorablement, les moyens ne te man-
» queront pas, car, quoique tu aies vendu
» une grande partie de ton bien, il t'en
» est resté assez pour vivre selon ton
» rang. Mais je voudrais être certaine
» que tu es disposé à vivre comme
» doivent vivre les honnêtes gens. Je
» ferai d'abord lever la sentence d'exil
» qui t'a frappé, et puis je te rendrai ta
» femme, ma nièce. Je doute que tu
» saches renoncer à tes mauvaises habi-
» tudes, comme la grenouille sait sortir
» de la fange. Qu'en dis-tu? » Marco-
Antonio eut à peine entendu ces paroles
qu'il répondit en ces termes : — « Ma très
» révérende mère, je suis bien certain
» que vous m'aimez beaucoup, je vous
» en remercie, et vous m'avez donné
» des gages excellents de cette amitié.
» Mais vous savez assurément que je me
» suis laissé aller, comme un jeune
» homme que je suis, à ma passion, et
» que j'ai tué Faustina ; et vous me
» parlez maintenant de me faire revoir

» ma femme. Je ne sais ce que vous
» voulez dire. — Je sais bien, » répliqua
l'abbesse, « que tu ignores tout, mais
» Dieu, plus miséricordieux que nous ne
» le méritons, t'a miraculeusement con-
» servé Faustina, ma nièce; écoute
» comment cela s'est fait. » Et la bonne
abbesse raconta, les larmes aux yeux,
toute l'histoire que Faustina avait dite
aux religieuses en plein chapitre. En
l'entendant, Marco-Antonio, attendri,
touché de compassion, se mit à pleurer
lui aussi, et quoiqu'il pût à peine parler,
il s'écria : — « Ma très honorée mère,
» s'il m'est prouvé que Faustina vit, et
» que, grâce à votre intervention, elle
» consent à me pardonner le crime dont
» je me suis rendu coupable envers elle,
» je n'aurai plus rien à désirer. » Alors
l'abbesse fit appeler sœur Faustina,
qui vint la tête couverte de voiles et la
figure entourée de bandelettes. Arrivée
devant l'abbesse, elle s'agenouilla, tenant
les yeux toujours baissés, et dit : « Ma
» mère, que me commandez-vous ? »
L'abbesse lui répondit : — « Ma chère

» nièce, lève les yeux et regarde si tu
» connais cet homme qui cause ici avec
» moi. » Elle leva modestement les yeux
et changea aussitôt de visage : — « Hé-
» las, ma mère, » dit-elle, « c'est mon
» scélérat de mari, que Dieu lui par-
» donne! » Et elle se mit à verser d'a-
bondantes larmes, à s'attendrir sur son
propre sort. Marco-Antonio, de Romain
qu'il était, devenu citoyen de Goito, se
jeta à ses pieds, en pleurant amèrement
et en lui demandant pardon à haute
voix; s'il n'avait pas été séparé d'elle par
une grille de fer, il se serait jeté éperdument à son cou. Madame Faustina, qui
se voyait arrivée au port, faisait mine
d'être fort en colère et de ne pas vouloir
l'écouter; mais l'abbesse et toutes les
religieuses, qui avaient déjà porté témoignage de la sainte vie de Faustina, firent
tant qu'elle finit, après s'être fait prier
un peu, par accorder à son mari la grâce
qu'il lui demandait et lui pardonna
toutes ses injures, à cette condition, cependant, qu'il ne nouerait jamais plus
d'intrigues avec la femme d'autrui. Cela

fait, l'ordre d'exil fut rapporté, et l'imbécile de mari, apprenant le vœu qu'avait
fait Faustina, obtint les dispenses néces-
saires pour l'accomplir à sa place, et alla
pieds nus pour elle à Lorette.

Sur ces entrefaites, il arriva que le
mari de Cornelia fut tué dans la maison
d'une courtisane, au Ponte-Sixto. Quand
elle eut appris de Marco-Antonio l'éton-
nant miracle de Faustina, Cornelia se
montra aussi adroite qu'elle et sut si
bien manœuvrer qu'elle trouva moyen
de faire accroire qu'elle avait fui son mari
parce qu'il était méchant pour elle,
qu'elle était toujours restée en compagnie
d'une vieille veuve, sa parente, et qu'à
la nouvelle de la mort de son mari, elle
était sortie de sa prison. On crut facilement cette histoire, car personne ne
s'avisa d'y regarder de trop près. Marco-
Antonio ramena dans sa maison, comme
une bonne et sainte femme, cette Faustina qu'il avait vue, sur mer et sur terre,
même dans une maison publique, se
livrer à mille vauriens, dont il avait été
le souteneur, et qu'il avait bien souvent

procurée lui-même. Cornelia porta pendant une année l'habit de veuve et se remaria ensuite très honorablement. Les deux femmes furent considérées par leurs maris comme deux saintes, tant elles avaient bien su arranger leurs histoires.

Pour moi, je ne sais que dire de tout cela, mais je prie Dieu qu'il nous fasse à tous la grâce de ne pas tomber entre les mains de femmes comme celles-là, qui font prendre le noir pour le blanc et le blanc pour le noir. Je ne sais que dire non plus de la sainte mère abbesse, ni des deux vieilles mères qui firent, par amitié, de si gros mensonges et qui les soutinrent par serment. Je ne conteste pas que ce soit chose louable et sainte de réconcilier le mari et la femme, pareille action me semble toujours œuvre pie, tout à fait digne d'éloges; mais je ne voudrais pas que ces réconciliations se fissent au moyen de faux miracles, car il semble vraiment que l'homme veuille ainsi plaisanter avec Notre Seigneur Dieu comme avec un de ses amis. — Il me

paraît que Cornelia trouva moyen de
sortir d'affaire d'une manière plus vrai-
semblable; mais, quoi qu'il en soit, je
vous ai raconté cette histoire comme je
l'ai entendu raconter moi-même, ni
plus, ni moins.

LE BANDELLO

A TRÈS MAGNIFIQUE ET ILLUSTRE

MESSER ANTONIO DI PIRRO

SALUT

QUAND *on parlerait mille et mille ans des égarements que produit la jalousie lors- qu'elle s'empare d'un homme ou d'une femme, et des mal- heurs qui en résultent, on ne viendrait pas à bout d'épuiser le sujet, car on la voit chaque jour amener des maux nou- veaux de tous les genres. Ce vilain dé- faut ayant souvent été l'objet de la répro- bation générale, je ne me propose pas pour le moment de le décrier plus qu'il ne l'est, je sais bien que j'y perdrais*

mon temps. *Mais je veux raconter un évènement qui s'est passé naguère dans une ville de Lombardie et qui fera facilement comprendre, quand même rien d'autre n'aurait jamais été dit à ce sujet, l'énormité des maux qu'engendre la jalousie. L'indication des noms des personnes qui y ont pris part pourrait être cause de quelque scandale ; aussi ne dirai-je pas de noms propres, bien que notre aimable Benedetto da Corte nous les ait donnés, quand il nous raconta cette aventure à Pavie, dans la maison de Madame Lionora, sa sœur, femme du signor Scaramuzza Visconti. Après l'avoir écrite, j'ai mis ma petite Nouvelle sous l'égide de votre nom, persuadé qu'il la protégera avec autant d'efficacité que le bouclier de Pallas protégea Persée contre Méduse. Qui pourra croire que vous hésitiez à me donner votre protection, vous qui, à Pavie, prenez toujours en main la défense des étrangers ? Car je sais que je ne suis pas un étranger pour vous, et je connais votre amitié pour moi. Portez-vous bien.*

GALEAZZO

enlève une jeune fille à Padoue, puis, par
jalousie, la tue et se tue lui-même

NOUVELLE XX

L y avait dans une ville
du Duché, à l'époque de
Ludovic Sforza, prince fort
sage, quoique malheureux,
un marchand qui possédait
de grands biens et qui jouissait d'un
grand crédit. Il prit pour femme une
jeune et noble dame, bien élevée, au
cœur généreux, dont il n'eut qu'un seul
fils. Cet enfant n'avait pas encore dix
ans quand son père mourut, le laissant
héritier de tous ses biens, sous la tutelle

de sa mère. La dame, désireuse de voir son fils faire revivre l'antique noblesse de ses aïeux, ne voulut pas qu'il mît la main au commerce; elle le fit élever noblement, avec tout le soin possible, et l'appliqua aux belles-lettres et aux autres exercices qui conviennent à un gentil-homme. Ensuite, elle s'occupa de liquider autant qu'elle put les comptes que son mari avait, pour ses affaires, en Italie, en Flandre, en France, en Espagne et même en Syrie, cherchant à acheter des biens pour son fils, dont le nom était Galeazzo. Ce fils grandit, il devint brave et gracieux; il cultivait les belles-lettres, il aimait la musique, les chevaux, les armes, la lutte et tous les exercices de ce genre. Cela faisait grand plaisir à sa mère, qui le pourvoyait abondamment de vêtements, de chevaux et d'argent, et ne le laissait manquer de rien de ce qui lui plaisait. En peu d'années, elle paya toutes les dettes de son mari et recouvra sur les autres marchands toutes ses créances. Restait à régler un seul compte avec un gentil-

homme Vénitien qui trafiquait en Syrie
et qui devait revenir à Venise au moment
où Galeazzo avait déjà seize ou dix-sept
ans. Le jeune homme, désireux, comme
on l'est à son âge, de voir du pays et
surtout la fameuse et illustre ville de
Venise, pria sa mère de l'y laisser aller.
Ce désir ne déplut pas à la dame; au
contraire, elle engagea son fils à partir
et voulut que ce fût lui qui réglât les
comptes avec le gentilhomme Vénitien;
elle le fit accompagner par un commis
fort habile, et l'adressa en outre à un
marchand de Venise qui était grand ami
de la maison.

Galeazzo, bien pourvu de vêtements
et de serviteurs, se mit en route; arrivé
à Venise, il fit visite à l'ami de son père,
qui le reçut bien, et ils allèrent de compagnie trouver le gentilhomme Vénitien,
à qui Galeazzo se fit çonnaître en lui
apprenant le but de son voyage. Quand
il eut parlé, le Vénitien lui répondit : —
« Sois le bienvenu, mon cher fils. Il est
» bien vrai que, tous comptes faits, je
» reste débiteur de la somme que tu dis,

» comme doit l'avoir calculé votre com-
» mis. Si je n'ai pas plus tôt réglé. ce
» compte, au moins par lettres, c'est qu'il
» n'y a pas encore trois jours que je suis
» arrivé de Syrie avec les navires; main-
» tenant, je suis prêt à te satisfaire, mais
» il faudra que tu attendes huit ou dix
» jours que j'aille à Padoue, où j'ai ma
» femme et toute ma famille. » Galeazzo
dit qu'il attendrait volontiers et qu'il pas-
serait ce temps-là à voir Venise; ce qu'il
fit. Puis ils allèrent ensemble à Padoue,
et il fallut que Galeazzo allât loger chez
le Vénitien. Il s'y rendit avec un seul
domestique et envoya les autres à l'hôtel.

Le Vénitien, qui était autrefois resté
bien des jours en Lombardie dans la
maison du père de Galeazzo, où il avait
été parfaitement traité, fit grand accueil
au jeune homme. Ce Vénitien avait une
belle fille de quinze ans, dont Galeazzo,
qui la voyait toute la journée, devint
bientôt éperdument amoureux; il n'avait
jamais éprouvé jusque-là ce que c'était
que l'amour. La jeune fille s'aperçut de
l'amour du jeune homme, et, comme il

lui plaisait, elle ne resta pas insensible et conçut bientôt pour lui une passion sans bornes; l'affaire en vint à ce point qu'ayant eu deux ou trois fois l'occasion de se parler, ils convinrent de ce que je vais vous dire.

Le père de la jeune fille devait, sous trois jours, donner à Galeazzo tout l'argent de sa créance, puis s'en retourner avec lui à Venise, où il se proposait de rester quelque temps. Après leur départ, elle devait, sous deux jours, s'enfuir de la maison par les soins d'un serviteur de confiance de Galeazzo, que ce dernier avait feint d'envoyer à sa mère et auquel le Vénitien avait même donné des lettres pour elle; mais le bon serviteur resta caché à Padoue jusqu'au temps fixé. Quand Galeazzo eut reçu son argent, il s'en alla à Venise avec le gentilhomme; par son conseil, il fit passer à Milan, au moyen de lettres de change, tout l'argent qu'il avait reçu, et il ne faisait rien ni n'achetait rien sans lui. Mais voici qu'arriva tout à coup au Vénitien la nouvelle que Lucrezia, sa fille, s'était enfuie

la nuit précédente et qu'on ne trouvait
d'elle aucune trace. Le père, désolé outre
mesure, résolut, toute autre affaire mise
de côté, de s'en retourner à Padoue.
Galeazzo, se montrant fort affligé de cet
évènement, offrit de partir avec le père
et d'aller partout où il le voudrait. Le
Vénitien remercia le jeune homme et
partit, mais il ne put rien apprendre au
sujet de sa fille. De retour à Venise, il y
trouva Galeazzo, qui y était encore et
qui, rentrant peu de temps après en
Lombardie dans sa maison, n'osa jamais
dire un mot à sa mère de l'enlèvement
de la jeune fille. Le serviteur avait loué
une maison convenable, garnie de tout
ce qu'il fallait, selon l'ordre de Galeazzo,
qui en donna la garde à sa nourrice et à
son père nourricier. Le jeune homme
cueillit, à l'extrême plaisir des deux parties, la fleur et le fruit de la virginité de
sa Lucrezia, qu'il aimait plus que sa
propre vie ; il dormait avec elle presque
toutes les nuits et pourvòyait largement
à toutes ses dépenses. Sa mère savait
bien qu'il couchait et soupait souvent

hors de la maison ; cependant elle ne disait rien.

Galeazzo demeura trois ans environ avec sa Lucrezia, se donnant le meilleur temps du monde. Il arriva ensuite que sa mère résolut de lui faire prendre femme, mais il n'y voulut jamais consentir. Elle se douta alors que son fils avait quelque amour ou que peut-être il avait pris femme à sa manière ; elle le fit si bien espionner qu'elle finit par savoir tout ce qu'il avait fait à Padoue. Elle en fut très fâchée et, un soir que Galeazzo soupait dans la maison d'un de ses cousins, elle trouva moyen de faire enlever Lucrezia par trois hommes masqués et de la placer ce soir-là même dans un couvent. Galeazzo, voulant après le souper aller coucher avec Lucrezia, trouva sa nourrice et son père nourricier qui pleuraient amèrement, et il apprit d'eux comment trois hommes masqués avaient baillonné Lucrezia et l'avaient emmenée. Il fut sur le point de mourir de douleur, et pleura toute la nuit ; le matin de bonne heure, il rentra dans sa

maison, s'enferma dans sa chambre et resta tout le jour sans manger. La mère ne se mit pas autrement en peine ce jour-là de ce que faisait son fils. Le jour suivant, voyant qu'il ne voulait pas dîner, elle alla le trouver dans sa chambre; mais il la supplia en pleurant et en soupirant, de le laisser tranquille. Elle cherchait à savoir de lui la cause de ce grand chagrin, mais il ne répondait que par des larmes et des soupirs. Ce que voyant, elle fut émue de compassion et dit à son fils : « Mon cher fils, je n'aurais jamais
» cru que tu te serais caché de moi,
» pour quoi que ce soit au monde, et
» que tu ne m'aurais pas confié tous tes
» chagrins; mais il paraît que je me suis
» bien trompée. J'ai cependant, grâce à
» mes soins, découvert la cause de ton
» mal. Je sais que tu aimes Lucrezia,
» que tu as enlevée à notre ami à Padoue.
» La belle action que tu as faite là, tu
» peux t'en rendre compte; mais c'est le
» moment de te venir en aide et non de
» te faire des reproches. Console-toi et
» sois heureux, consens à te restaurer, tu

» reverras ta Lucrezia ; c'est moi qui
» l'ai fait mettre dans un couvent, espé-
» rant que, si tu ne la retrouvais pas, tu
» consentirais à te marier pour me faire
» plaisir, comme c'est ton devoir. » En
entendant ces mots, Galeazzo sembla
revenir de la mort à la vie ; il avoua,
tout honteux, qu'il aimait Lucrezia plus
que sa propre existence, et pria affectueusement sa mère de la lui faire venir
aussitôt. Elle l'obligea à prendre patience pour ce jour-là, lui disant qu'elle
voulait qu'il mangeât, qu'il se récon-
fortât, et lui promettant d'aller la chercher le lendemain et de l'amener à la
maison. Que dire ? Galeazzo voulait
mourir, il avait perdu le sommeil et
l'appétit, et à cette simple promesse, il
se trouva tout ragaillardi. Il dîna et
soupa le soir ; la nuit venue, il dormit
très bien avec l'espoir de rentrer en possession de sa Lucrezia.

Le lendemain matin, il se leva et pria
sa mère d'envoyer chercher Lucrezia ;
elle, pour complaire à son fils, monta en
carrosse, et, arrivée au couvent, se fit

donner la jeune fille qu'elle amena à la maison. Dès que les deux amants se virent, ils coururent se jeter dans les bras l'un de l'autre en pleurant de tendresse; ils s'embrassèrent étroitement, chacun d'eux buvant les larmes chaudes et salées qui coulaient sur les joues de l'autre. Quand Galeazzo eut mille fois baisé et encore baisé sa Lucrezia, il lui dit toujours pleurant : « Ma douce âme,
» comment as-tu pu vivre sans moi?
» Quelle vie a été la tienne? N'as-tu pas
» éprouvé les plus vifs regrets de ne pas
» me voir tout ce temps-là? Moi, j'ai
» pensé à mourir et je ne sais comment
» je vis encore. Hélas! ma vie! qui
» m'assure qu'un autre n'a pas joui de
» tes beautés pendant le temps que tu
» es restée loin de moi? Je me sens
» mourir de jalousie et mon cœur se
» brise dans ma poitrine. Aussi, mon
» cœur, pour ne mourir qu'une fois et
» mettre fin à cet épouvantable tour-
» ment, il vaut mieux que nous mou-
» rions ensemble et que nous mettions
» ainsi fin d'un seul coup à nos soup-

» çons. » En disant ces paroles, il prit
un poignard qu'il portait au côté et en
frappa la jeune fille droit au cœur ; elle
tomba aussitôt à terre, morte ; puis,
tournant contre lui le fer sanglant, il
s'en plongea la moitié dans la poitrine
et se laissa tomber sur Lucrezia. Le
tumulte fut grand dans la maison et la
désolation immense. L'infortunée mère,
désespérée, poussait des cris qui montaient jusqu'au ciel. Galeazzo vécut tout
ce jour-là et mourut au coucher du
soleil. La pauvre mère pleura longtemps,
sans vouloir accepter de consolations de
personne, la mort de son fils.

N'est-ce pas là un évènement lamen-
table, digne de compassion et capable
d'arracher des larmes aux pierres, et non
pas seulement à vous, douces et tendres
dames, qui avez déjà de belles larmes
dans les yeux ? Pour qu'on ne sût pas
comment tout cela s'était passé, les frères
de la mère firent enterrer en secret les
deux amants et répandirent le bruit
qu'ils étaient morts de la peste. Il fut
aisé de le faire croire, car on soupçon-

nait à ce moment-là l'existence de la maladie dans la ville; d'ailleurs un médecin et un chirurgien, gagnés à prix d'argent, affirmèrent que c'était vrai. Cependant on ne put si bien cacher l'histoire qu'on ne sût comment elle s'était passée. Dira-t-on encore que la jalousie n'est pas pire que la peste et qu'elle n'aveugle pas les hommes? si toutefois on peut appeler jalousie le sentiment auquel obéit Galeazzo; c'était plutôt de la folie furieuse.

LE BANDELLO

A L'ILLUSTRISSIME SEIGNEUR

SFORZA BENTIVOGLIO

ENDANT *que la docte et charmante signora Cecilia Gallerana, comtesse de Bergame, prenait, ces jours passés, les eaux d'Acquario pour se fortifier l'estomac, elle recevait continuellement la visite de beaucoup de gentilshommes et de nobles dames ; car, outre qu'elle est aimable et illustre, elle fait, à Milan, sa compagnie des gens les plus instruits et les plus savants, ainsi que des étrangers de la plus haute distinction. Là, les militaires parlent de l'art de la guerre, les musiciens chan-*

*tent, les architectes et les peintres des-
sinent, les philosophes raisonnent de la
nature des choses, et les poètes récitent
leurs vers et ceux des autres; si bien que
quiconque aime à parler ou à entendre
parler des lettres ou des arts trouve à
satisfaire son goût, parce qu'en présence
de cette illustre dame, on ne parle jamais que de ce qui est agréable, gracieux ou noble. Il arriva un jour qu'après
une longue discussion poétique entre
deux beaux esprits, le signor Antonio
Fregoso Fileremo, chevalier, et messer
Lancino Curzio, le savant et aimable
Girolamo, habitant de la ville, prit en
main les* Cent Nouvelles *du gentil Boccace et dit : « Madame la Comtesse, et
» vous, Seigneurs, puisqu'on a fini de
» discuter à propos de poésie, je serais
» d'avis de descendre un peu de ces hau-
» teurs et de parler de choses plus amu-
» santes, ou de lire une ou deux Nou-
» velles de Boccace, comme vous voudrez.
» — Notre concitoyen a fort bien parlé, »
répondit aussitôt la signora Camilla
Scarampa; « de cette façon, les esprits*

» *fatigués par de savantes discussions*
» *se reposeront à entendre converser de*
» *choses légères et faciles à comprendre.* »
La signora Costanza Bentivoglia, femme
du comte Lorenzo Strozzo, ajouta aussi-
tôt : — « Et moi aussi, je suis tout à
» *fait de votre avis, mais comme tout le*
» *monde a plusieurs fois lu et entendu*
» *raconter les* Cent Nouvelles, *je vou-*
» *drais que quelqu'un de vous nous ra-*
» *contât quelque autre Nouvelle ou his-*
» *toire un peu moins connue. — Ainsi*
» *soit-il, ainsi soit-il,* » *s'écria presque*
toute la compagnie ; et alors la signora
Cecilia pria le signor Manfredi, des sei-
gneurs de Coreggio, jeune homme ai-
mable et poli, de vouloir bien nous conter
une Nouvelle. Il commença par s'excu-
ser, mais enfin il nous en dit une qui plut
beaucoup à la joyeuse société. Je l'ai
écrite, et quand je me suis demandé à
qui la dédier, votre nom, parmi beau-
coup d'autres, m'est venu à l'esprit ; elle
vous convient mieux qu'à personne, car
votre jeunesse est en pleine floraison et,
sans parler de vos nombreuses qualités,

vous avez déjà la réserve et la prudence que donne la maturité de l'âge. Et je suis bien sûr que vous n'auriez pas été aussi arrogant que l'ont été les deux Hongrois cités dans ma Nouvelle. En lisant leurs folies, vous vous efforcerez de plus en plus chaque jour de diriger, comme vous le faites déjà, vos actions selon les règles de la raison et d'augmenter les espérances que votre bonne éducation nous a fait fonder sur vous. Portez-vous bien.

TOUR MERVEILLEUX

joué par une noble dame à deux barons
Hongrois

NOUVELLE XXI

E ne sais pas, aimable et honorée signora Cecilia, si je dois ainsi à la légère, parce que vous m'en avez prié, entreprendre de raconter quelque Nouvelle. Je ne suis guère expert à ce métier, et je vois dans cette noble et honorable compagnie bien des gens qui, mieux exercés que moi, vous charmeraient davantage et parleraient à votre plus grande satisfaction. Je préférerais rester à les écouter que de

prendre moi-même la parole. Mais je veux considérer toujours comme des ordres vos gracieuses prières; je vais donc vous dire une Nouvelle que raconta, il y a peu d'années, le signor Niccolo di Correggio, mon oncle, à son retour du royaume de Hongrie, où il avait été, par ordre du duc Sforza, accompagner Monseigneur Hippolyte d'Este, cardinal de Ferrare, qui allait prendre possession de l'évêché de Gran.

Je commencerai par vous dire que Mathias Corvin, dont tout le monde peut avoir entendu parler, était roi de Hongrie. C'était un prince belliqueux, à larges vues; il fut, parmi les rois de ce pays, le premier célèbre et celui que les Turcs redoutèrent le plus. Il avait une foule de qualités et se distinguait aussi bien dans le métier des armes que dans la culture des lettres; c'était, en outre, le prince le plus généreux et le plus aimable de son temps. Il eut pour femme la reine Béatrice d'Aragon, fille de Ferrando, l'ancien roi de Naples, et sœur de la mère d'Alfonso, aujourd'hui duc de

Ferrare. C'était une dame vraiment très remarquable, lettrée, distinguée, ornée d'autant de qualités qu'en peut avoir une femme, quel que soit son rang. Elle n'était ni moins généreuse, ni moins aimable que le roi Mathias, son mari, et elle ne pensait tout le jour qu'à combler d'honneurs et de récompenses tous ceux qui, pour un motif quelconque, lui en paraissaient dignes. Aussi les hommes éminents dans tous les genres et de toutes les nations se donnaient-ils rendez-vous à la cour de ces deux magnanimes époux, et chacun était, selon son mérite et son rang, bien reçu et bien entretenu.

Or, il arriva qu'un chevalier de Bohême, vassal du roi Mathias (lequel était aussi roi de Bohême), de très noble famille, brave de sa personne, habile au métier des armes, s'éprit d'une très belle jeune fille, très noble aussi, qui était réputée la plus belle du pays et qui avait un frère, gentilhomme, il est vrai, mais pauvre et fort mal pourvu des dons de la fortune. Le chevalier Bohême n'était pas riche non plus : il ne possédait qu'un château où il vivait, à grand'peine, comme le comportait son rang. Devenu amoureux de la belle jeune fille, il la demanda à son frère et l'obtint, mais avec une fort petite dot. Il ne s'était pas encore bien aperçu de sa pauvreté : l'entrée de sa femme dans sa maison lui ouvrit les yeux ; il vit comme il était mal monté et quelle difficulté il éprouvait à se maintenir avec les maigres revenus que lui rapportaient ses terres. C'était un homme de bien, très humain, qui ne voulait à aucun prix grever ses sujets de dépenses extraordinaires, et qui se contentait des impôts minimes que ses aïeux avaient eu l'habitude de percevoir. Quand il vit qu'il lui fallait absolument des subsides extraordinaires, il forma, après avoir bien réfléchi, le projet d'aller à la Cour se mettre au service du roi Mathias, son suzerain, et de s'y faire apprécier et employer de façon à pouvoir vivre avec sa femme selon leur qualité. Mais l'amour qu'il portait à sa dame était si grand et si vif qu'il ne lui semblait pas

possible de vivre sans elle une heure; à
plus forte raison ne pouvait-il songer à
rester longtemps à la Cour séparé d'elle.
Il n'avait guère envie non plus de l'emmener avec lui et de la faire rester où se
tenait la Cour; à force de remuer tout
le jour ces idées, il tomba dans une profonde tristesse.

La jeune femme, qui était sage et fine,
s'aperçut de la manière d'être de son
mari et craignit de lui avoir donné
quelque sujet de mécontentement, aussi
lui dit-elle un jour : « Mon cher mari,
» je vous demanderais bien une grâce,
» si je ne craignais de vous être désa-
» gréable. — Demandez, » répondit
le mari, « autant que possible je ferai
» de bon cœur tout ce que vous me
» demanderez, car j'estime le plaisir de
» vous être agréable à aussi haut prix que
» ma propre vie. » Alors la dame le pria
humblement de lui faire connaître la
cause de la préoccupation qu'il paraissait avoir; car il lui semblait bien plus
chagrin que de coutume, il ne faisait
que réfléchir et soupirer, et il fuyait la

compagnie de ceux avec lesquels il avait coutume de se plaire. A cette demande de la dame, le chevalier réfléchit un moment, puis il dit :

— « Ma très chère femme, puisque
» vous désirez savoir ce qui me préoc-
» cupe et la cause de mon chagrin, je
» vous le dirai volontiers. Toutes les
» réflexions, dans lesquelles vous me
» voyez si profondément plongé, ten-
» dent à ceci : je voudrais découvrir un
» moyen de vivre honorablement avec
» vous, comme notre rang le comporte,
» car nous vivons maintenant bien pau-
» vrement, eu égard à la qualité de nos
» familles. Cela tient à ce que votre père
» et le mien ont dissipé la plus grande
» partie des biens qu'ils avaient reçus en
» héritage de leurs aïeux. Je pense à
» cela tout le jour, je forme toute espèce
» de projets et je n'ai su trouver jus-
» qu'ici au mal qu'un remède qui me
» plaît assez. Ce serait d'aller à la cour
» de notre souverain seigneur le roi
» Mathias, qui me connaît déjà pour
» m'avoir vu à la guerre. Je ne puis

» m'empêcher de croire que je recevrai
» de lui un bon emploi et que j'acquerrai
» ses bonnes grâces ; car c'est un prince
» très généreux, qui aime ceux qui le
» méritent ; et je me conduirai de façon
» à ce qu'avec sa faveur et ses largesses,
» nous puissions vivre plus à l'aise qu'au-
» jourd'hui. Ce projet me tente d'autant
» plus qu'autrefois, quand j'étais au ser-
» vice du Vaïvode de Transylvanie
» contre les Turcs, le comte de Cilia
» m'a déjà demandé d'entrer dans la
» maison du Roi. Mais, d'un autre côté,
» je pense qu'il faudra que je vous laisse
» loin de moi, et je ne puis avoir l'esprit
» tranquille en m'éloignant de vous,
» parce que mon cœur est désolé de
» vivre sans vous, que j'aime unique-
» ment, et aussi parce que je crains bien,
» vous voyant si jeune et si belle, de
» perdre l'honneur en mon absence. Je
» suis bien sûr qu'aussitôt que je serai
» parti, les barons et les gentilshommes
» du pays feront tous leurs efforts pour
» conquérir votre amour. Si cela arri-
» vait, je serais déshonoré et je ne pour-

» rais plus me laisser voir parmi les
» hommes d'honneur. Voilà ce qui me
» tient attaché ici, et ce qui fait que je
» ne sais ni ne puis améliorer votre
» situation. Vous avez donc, ma très
» chère femme, appris de moi la cause de
» mes préoccupations. »

Après avoir ainsi parlé, il se tut. La
dame, qui était une femme honnête et
d'un grand cœur, et qui adorait son mari,
lui fit, dès qu'il eut cessé de parler, bon
et joyeux visage et lui répondit en ces
termes :

— « Ulrich » (tel était le nom du chevalier), « moi aussi j'ai pensé bien sou-
» vent à la haute position de vos aïeux
» et des miens ; nous en sommes bien
» déchus sans qu'il y ait de notre faute,
» et j'imaginais comment nous pour-
» rions trouver moyen de nous mettre
» en meilleur état que nous ne sommes.
» Je sais bien que je suis femme, et vous
» dites, vous autres hommes, que les
» femmes n'ont pas de cœur ; mais je
» vous rappelle que, pour moi, c'est le
» contraire et que j'ai le cœur plus haut

» placé, plus ambitieux peut-être qu'il ne
» me conviendrait ; je vous rappelle enfin
» que je voudrais tenir mon rang comme
» le tenait ma mère, d'après mes souve-
» nirs. Cependant je sais me modérer, et je
» me contenterai toujours de ce qui vous
» plaira. Mais venons au fait ; je vous
» dis, moi, que pensant, comme vous, à
» nos affaires, il m'est venu à l'esprit
» que jeune et vaillant comme vous
» l'êtes, vous n'aviez pas de meilleure
» ressource que de vous mettre au ser-
» vice de notre Roi, et maintenant, je
» crois que cela vous serait d'autant plus
» avantageux que le Roi, m'avez-vous
» dit, vous a déjà connu à la guerre.
» Cela me permet d'espérer que le
» Roi, judicieux appréciateur du mé-
» rite d'autrui, ne pourra vous donner
» qu'un rang convenable et digne de
» vous. Je n'osais pas vous confier un
» mot de ces idées, parce que je crai-
» gnais de vous offenser. Maintenant
» que vous m'avez ouvert la voie et que
» je puis parler, je ne manquerai pas de
» vous dire mon avis. Faites ensuite ce

» qui vous paraîtra le meilleur et le plus
» favorable à votre intérêt et à votre
» honneur. Quant à moi, encore que je
» sois femme, naturellement ambitieuse,
» comme je viens de vous le dire, dési-
» reuse d'être honorée à l'égal des autres,
» et de me montrer en public mieux et
» plus pompeusement parée ; cependant,
» puisque notre fortune est ce qu'elle
» est, je me contenterai de vivre conti-
» nuellement avec vous, pendant le temps
» que nous avons à vivre, dans ce châ-
» teau qui est à nous, où il ne nous
» manque rien de ce qui est nécessaire à
» notre entretien, où nous pouvons nous
» faire servir tout ce qu'il nous plaît,
» pourvu que nous nous contentions du
» nécessaire et que nous sachions mesu-
» rer nos dépenses à nos revenus. Nous
» pouvons vivre ici tranquillement avec
» deux ou trois serviteurs et deux ou
» trois femmes ; nous pouvons même
» entretenir une couple de chevaux et
» mener une existence calme et joyeuse.
» Si plus tard nous avons des fils, quand
» ils seront en âge de pouvoir servir,

» nous les enverrons à la Cour avec les
» autres barons, de sorte qu'ils seront
» en position d'acquérir honneur et for-
» tune, s'ils sont gens de mérite; s'ils ne
» réussissent que peu ou pas, ce sera leur
» faute. Dieu sait que je me contente-
» rais, pour le temps qui nous reste à
» vivre, de pouvoir passer ensemble les
» bons et les mauvais jours. Mais je
» connais quelque peu votre cœur, et je
» sais que vous faites plus de cas d'une
» once d'honneur que de tout l'or du
» monde. Je vous ai vu souvent triste et
» j'ai toujours cru (bien que d'autres
» pensées me traversassent aussi l'esprit),
» que votre chagrin venait ou de ce que
» vous êtes peu satisfait de ma conduite,
» ou de ce que vous vous désolez de ne
» pouvoir cultiver le métier des armes
» et prendre parmi les autres chevaliers
» illustres un rang digne de vous. Comme
» je vous aime plus que toute autre
» créature humaine, j'ai toujours voulu
» que votre volonté fût la mienne; je le
» voudrai tant qu'il me sera donné de
» vivre, et je préférerai ce qui pourra

» vous être agréable, même à ma propre
» vie. Si vous vous décidez à entrer au
» service du roi Mathias, je trouverai un
» adoucissement au chagrin que me cau-
» sera votre long éloignement dans le
» contentement que j'aurai en vous
» voyant donner satisfaction à un aussi
» noble désir. Votre doux souvenir occu-
» pera ma pensée, et j'aurai l'espoir de
» vous voir plus gai que vous ne l'êtes
» aujourd'hui. Quant à la crainte que
» vous exprimez de me voir poursuivie
» par des gens qui chercheront à vaincre
» ma pudeur, à m'enlever votre honneur
» et le mien, je vous assure que, si je
» ne deviens pas absolument folle, ma
» ferme volonté est de mourir avant que
» ma vertu subisse la plus légère atteinte.
» Je ne sais, je ne puis vous donner de
» cette promesse d'autre gage que ma
» parole, mais si vous saviez combien je
» la tiens pour inviolable et sacrée, vous
» vous en contenteriez sans doute et
» vous ne laisseriez pas l'ombre même
» d'un soupçon se glisser dans votre
» esprit. Comme je ne puis vous con-

» vaincre autrement, je m'en remet-
» trai à mes œuvres, et j'espère que la
» vie que je mènerai vous donnera
» chaque jour la preuve que je garde ma
» foi. Je serai cependant charmée de
» vous voir employer tous les moyens
» qu'il vous plaira pour vous en assurer,
» car je ne désire rien, sinon vous satis-
» faire. S'il vous venait à l'esprit de
» m'enfermer dans une de ces tours du
» château jusqu'à votre retour, j'y reste-
» rais volontiers comme une recluse,
» pourvu que je sache que cela vous soit
» agréable. »

Le chevalier écouta avec un extrême
plaisir la réponse de sa femme; quand
elle eut terminé, il lui dit : — « Ma chère
» femme, je ne saurais assez louer votre
» grandeur d'âme et je suis très heureux
» que vous soyez de mon avis. J'éprouve
» aussi une joie indicible à entendre
» votre ferme résolution de conserver
» notre honneur, et je vous engage à y
» persister. Rappelez-vous toujours que
» lorsqu'une dame a perdu l'honneur,
» elle a perdu tout le bien qu'elle peut

» avoir dans cette vie, et qu'elle ne mé-
» rite plus le nom de dame. Ce que je
» vous ai dit que j'ai l'intention de faire
» est chose grave, je ne pense pas le faire
» de sitôt, mais, quand je m'y déciderai,
» je vous laisserai, je vous assure, dame
» et maîtresse de tout ici. En attendant,
» je penserai à nos affaires pour les
» mener le mieux possible, je prendrai
» conseil de nos amis et de nos parents,
» et enfin je m'arrêterai à la détermina-
» tion qu'on aura jugé la meilleure.
» Vivons donc gaiement. »

Rien, en somme, ne tourmentait le
chevalier, sauf les doutes qu'il concevait
sur sa femme, la voyant jeune, douce et
fort belle; il cherchait donc un moyen
sûr de se garantir de tout accident.

Comme il y pensait, advint peu de
temps après qu'il se trouva en compagnie de plusieurs gentilshommes. On
causait de choses et autres; quelqu'un
raconta une aventure d'un gentilhomme
du pays qui avait obtenu l'amour et les
faveurs d'une dame par l'entremise d'un
vieux Polonais qui avait la réputation

d'être un grand magicien, et qui était établi comme médecin à Cuziano, ville de Bohême, où sont en grande abondance des mines d'argent et d'autres métaux. Le chevalier avait son château non loin de Cuziano; ayant eu l'occasion de s'y rendre pour ses affaires, il y vit le Polonais, homme fort âgé, avec lequel il s'entretint longuement. Il lui demanda, en somme, puisqu'il avait prêté son aide à quelqu'un qui voulait se faire aimer, de lui donner, à lui, le moyen de s'assurer que sa femme ne le déshonorerait pas et ne l'enverrait pas à Cornouailles. Le Polonais, qui était, comme je vous l'ai déjà dit, fort habile dans l'art de sorcellerie, lui répondit : — « Mon fils, tu
» me demandes là une chose difficile
» que je ne saurais jamais faire, car,
» excepté Dieu, personne au monde ne
» peut te garantir la chasteté d'une
» femme; elles sont naturellement fra-
» giles, très portées à la luxure, et cèdent
» volontiers aux supplications de leurs
» amants; bien peu résistent aux sollici-
» tations et aux prières; celles-là sont

» déjà dignes d'honneur et de respect.

» J'ai bien cependant un secret au moyen

» duquel je pourrai satisfaire en grande

» partie à ta demande, le voici : Je te

» ferai en quelques heures une petite

» image de dame avec une composition

» de ma façon, tu pourras la porter

» constamment avec toi, enfermée dans

» une petite boîte et placée dans ta

» bourse, et la regarder chaque jour

» autant de fois que cela te conviendra.

» Si ta femme ne rompt pas la foi con-

» jugale, l'image conservera sa beauté et

» sa couleur, elle sera telle que je l'aurai

» fabriquée et il semblera qu'elle vient

» de sortir de la main du peintre; mais,

» si par hasard ta femme pensait à prêter

» son corps à quelqu'un, l'image pâlirait;

» si, enfin, elle accomplissait ses desseins

» et se livrait à autrui, l'image devien-

» drait aussitôt noire comme un char-

» bon éteint, et elle puerait tellement

» que la mauvaise odeur s'en ferait

» sentir de tous les côtés. Chaque fois

» qu'on cherchera à tenter ta femme,

» l'image deviendra jaune comme de

» l'or. » Cet admirable secret plut extrêmement au chevalier, qui y ajouta foi
comme si ce fût la vérité même, tant
était bien établie la réputation du médecin et de ses talents, dont les gens de
Cuziano racontaient des merveilles.

On convint du prix, le chevalier eut la
belle image et s'en retourna avec elle
tout joyeux à son château. Après y être
resté quelques jours, il se décida à aller
à la Cour du roi Mathias et fit part de sa
résolution à sa femme. Il mit tout en
ordre chez lui et laissa à la dame le gouvernement de la maison ; il avait préparé
déjà tout ce qu'il lui fallait pour son
voyage et, quoique sa femme le vît
s'éloigner avec beaucoup de douleur et de
chagrin, il partit cependant et se rendit
à Alba Reale, où étaient alors le roi
Mathias et la reine Béatrice, qui le virent
avec plaisir et lui firent bon accueil.

Il n'était pas depuis longtemps à la
Cour qu'il était déjà en grande faveur
auprès de tout le monde. Le Roi, qui
le connaissait de longue date, lui accorda
une pension convenable et se mit à l'em-

ployer dans beaucoup d'affaires, qu'il
mena à fin selon la volonté de son
maître. Envoyé ensuite pour défendre
un pays que les Turcs infestaient, sous
la conduite de Mustapha Pacha, il combattit de telle façon qu'il chassa les infi-
dèles et les repoussa dans leurs frontières,
acquérant ainsi le renom d'un brave et
vaillant soldat et d'un prudent capitaine.
Cela augmenta beaucoup sa faveur auprès
du Roi, de sorte qu'outre l'argent et les
cadeaux qu'il recevait chaque jour, il eut
encore en fief un château avec un bon
revenu. Il sembla donc au chevalier qu'il
avait eu une fort bonne inspiration en
venant à la Cour et en se mettant au
service du Roi; il en remerciait Dieu qui
la lui avait donnée, et se flattait de voir
sa fortune progresser chaque jour. Il
était d'autant plus joyeux et content que
chaque jour il ouvrait plusieurs fois sa
chère petite boîte où était l'image de la
dame, et qu'il la trouvait toujours aussi
belle, animée d'aussi vives couleurs; on
aurait dit qu'elle venait d'être peinte. On
savait à la Cour qu'Ulrich avait, en

Bohême, pour femme, la plus belle et la
plus charmante dame de la Bohême et de
la Hongrie; aussi, une fois que beaucoup
de courtisans étaient ensemble, et, parmi
eux le Chevalier, un baron Hongrois lui
dit : « Comment peut-il se faire, sei-
» gneur Ulrich, que, parti depuis un an
» et demi à peu près de Bohême, vous
» n'y soyez jamais retourné pour voir
» votre femme qui, s'il faut en croire le
» bruit public, est si belle et si jeune?
» Il faut, assurément, que vous vous
» souciiez bien peu d'elle. — Si fait, je
» m'en soucie beaucoup, et je l'aime
» autant que ma vie, » répondit Ulrich;
» si je suis resté si longtemps sans aller
» la voir, cela prouve clairement et sa
» vertu et ma fidélité. Sa vertu, car elle
» est contente que je serve mon roi, et
» il nous suffit à tous deux de recevoir
» souvent des nouvelles l'un de l'autre;
» les occasions de nous faire parvenir des
» lettres ne nous manquent pas. Ma
» fidélité au Roi, notre seigneur, la
» reconnaissance que je lui dois pour en
» avoir reçu tant et de si grands bienfaits,

» la guerre qui se fait continuellement
» sur les frontières des ennemis du
» Christ, tout cela a plus de puissance
» sur moi que mon amour pour ma
» femme. Je veux d'autant plus faire
» passer ce que je dois à mon roi avant
» mon amour, que je puis vivre en toute
» sécurité, bien assuré de la fidélité et de
» la constance de ma dame, qui est non
» seulement belle, mais encore sage,
» bien élevée, très honnête, qui m'aime
» plus que toute autre créature et autant
» que ses yeux. — Voilà de bien belles
» phrases, » répondit le baron Hongrois ;
« comment, vous prétendez être sûr de
» la fidélité et de la prudence de votre
» femme, quand elle ne pourrait pas en
» dire autant d'elle-même ? Une femme
» aura aujourd'hui une ferme résolution,
» elle ne se laissera attendrir ni par les
» prières ni par les présents du monde
» entier, et un autre jour, il suffira du
» regard d'un jeune homme, d'une
» simple parole, d'une chaude petite
» larme, d'une courte prière, pour qu'elle
» devienne facile, se livre tout entière et

» soit la proie de son amant. Qui a
» jamais eu, qui pourra jamais avoir une
» certitude si absolue? Qui connaît les
» impénétrables secrets du cœur? Per-
» sonne assurément que Dieu notre
» Seigneur. La femme est, de sa nature,
» volage et changeante; c'est l'animal le
» plus vaniteux qui soit au monde.
» Quelle est, pour Dieu, la dame qui
» n'aime à être courtisée, recherchée,
» suivie, honorée et aimée, qui ne le
» désire de tout son cœur? Il arrive bien
» souvent que celles qui se croient les
» plus fines et qui se figurent, avec leurs
» regards sévères, repousser les amants
» qui les sollicitent, sont ensuite celles
» qui, sans s'en apercevoir, donnent de
» la tête dans les filets de l'amour et s'y
» font si bien prendre que, pareilles à
» des oiseaux embarrassés dans la glue,
» elles ne peuvent ni ne savent s'en dépê-
» trer. Ainsi, Seigneur Ulrich, je ne vois
» pas que votre femme soit plus que les
» autres, qui sont de chair et d'os, pri-
» vilégiée par Dieu notre Seigneur, et
» qu'elle ne puisse pas être corrompue.

» — C'est ainsi, » répliqua le chevalier
Bohême, « je me persuade que c'est
» ainsi, et je suis heureux de croire que
» c'est la vérité. Chacun connaît ses
» affaires, et le fou sait mieux ce qu'il a
» que ne le savent ses voisins, si rusés
» qu'ils soient. Croyez ce qu'il vous
» plaira, je ne vous en empêche pas, et
» permettez-moi de croire ce qui m'est
» le plus agréable et ce que je suis dis-
» posé à penser, car mes idées ne peu-
» vent vous causer aucun ennui, ni votre
» incrédulité me faire aucun tort, et il
» nous est loisible à chacun, en pareille
» occurrence, d'arrêter notre pensée à ce
» qui nous plaît davantage. »

Beaucoup de seigneurs et de gentilshommes étaient présents à cette conversation, et, comme cela arrive en pareil
cas, chacun disait son mot; les opinions
sur le sujet traité furent très diverses.
Tous les hommes n'ont pas le même
tempérament, il y en a beaucoup qui
croient en savoir plus long que leurs
voisins, et qui soutiennent leurs idées
avec tant d'obstination que le bon sens

est impuissant contre eux; la conversation se transforma en tapage, en cris, et Madame la Reine en fut informée. C'était une dame qui n'aimait voir à la Cour ni disputes, ni querelles; elle fit appeler ceux qui avaient pris part à la conversation et voulut qu'on lui rapportât tout ce qui avait été dit; quand elle eut tout entendu, elle dit qu'en effet chacun peut en pareille matière croire ce qu'il veut, mais que c'est le fait d'un fou, présomptueux et outrecuidant, de croire que toutes les femmes sont taillées sur le même patron, comme ce serait une grande erreur de dire que tous les hommes ont les mêmes habitudes, quand on voit si clairement chaque jour que le contraire est vrai : car, pour les hommes comme pour les femmes, la manière d'être, la nature est aussi différente que l'est le cerveau, si bien que deux frères ou deux sœurs, nés en même temps, auront le plus souvent des tempéraments et des goûts opposés, et que ce qui plaira à l'un déplaira à l'autre; de tout cela, Madame la Reine conclut que le cheva-

lier Bohême avait bien raison d'avoir de
sa femme l'opinion qu'il en avait, puisque
cette opinion était fondée sur une longue
expérience, et qu'il agissait sagement, en
homme prudent et avisé.

Les appétits des hommes sont insa-
tiables, chacun veut surpasser son voisin
en hardiesse ou, pour mieux dire, en
entêtement et en témérité ; il y eut deux
barons Hongrois qui avaient la tête près
du bonnet et qui parlèrent ainsi à la
Reine : — « Madame, vous avez bien
» raison de soutenir la cause des femmes,
» puisque vous êtes femme, mais notre
» cœur nous dit, à nous, que si nous
» étions là où demeure cette femme de
» marbre, et si nous pouvions lui parler,
» nous arriverions à briser son cœur de
» diamant et nous l'amènerions à faire
» notre volonté. — Je ne sais ni ce qui
» arriverait, ni ce que vous feriez, »
répondit le chevalier Bohême, « mais je
» sais bien que je ne me trompe pas. »
On continua à causer de ce même sujet ;
la discussion s'échauffa et les deux barons
Hongrois, qui avaient trop bonne opi-

nion d'eux-mêmes, insistèrent sur ce
qu'ils avaient dit une première fois et
s'engagèrent par serment à perdre tout
ce qu'ils possédaient en biens meubles et
immeubles si, dans l'espace de cinq mois,
ils n'amenaient pas la dame à faire tout
ce qu'ils voudraient, pourvu que le seigneur Ulrich promît de ne pas aller la
retrouver et de ne pas la prévenir. La
Reine et tous ceux qui étaient là rirent
beaucoup de cette proposition et se moquèrent d'eux. — « Vous croyez donc,
» Madame, » dirent-ils alors, « que nous
» voulons plaisanter ou badiner ? Mais
» nous parlons sérieusement, et nous
» désirons être mis à l'épreuve afin que
» l'on voie qui a raison. » Comme la
discussion se prolongeait, le roi Mathias
sut ce dont il s'agissait ; il vint retrouver
la Reine, qui s'évertuait à persuader aux
deux Hongrois de renoncer à leur entreprise. Quand le Roi fut arrivé, les deux
barons le supplièrent de vouloir bien
engager le seigneur Ulrich à faire avec
eux un pacte en vertu duquel ils per-
draient tout leur avoir s'ils ne menaient

pas à bonne fin l'entreprise dans laquelle
ils voulaient s'engager; cet avoir serait
donné gracieusement par le Roi au seigneur Ulrich, qui devait s'engager, dans
le cas où ils réussiraient, à ne pas tour-
menter sa femme, mais à changer d'avis
et à croire désormais que les dames se
plient facilement aux désirs de ceux qui
les aiment. Le chevalier Bohême tenait
pour certain que sa femme était fort
honnête, loyale et fidèle; il croyait,
comme à l'Evangile, à ce que lui disait
l'image, qui, pendant tout le temps qu'il
avait été loin, n'avait jamais pâli ni
noirci, mais était souvent devenue jaune,
chaque fois que se produisaient des sollicitations amoureuses, et était toujours
revenue à sa couleur primitive; il dit
donc aux barons Hongrois : — « Vous
» voulez tenter une grande aventure; il
» me convient de vous y suivre, à la
» condition que je pourrai toujours faire
» de ma femme ce qu'il me plaira. Pour
» le reste, je mettrai comme enjeu tout
» ce que je possède en Bohême contre
» tout ce que vous avez annoncé, et je

» parie que vous n'amènerez jamais ma
» femme à faire ce que vous voudrez; je
» m'engage d'ailleurs à ne dire ni à elle,
» ni à qui que ce soit, un mot de cette
» gageure. » On s'opposa longtemps à
l'exécution de ce projet; un jour, enfin,
en présence du Roi et de la Reine, le
chevalier Bohême, excité de nouveau
par l'outrecuidance des deux Hongrois,
parla en ces termes : « Puisque le sei-
» gneur Uladislas et le seigneur Albert »
(ainsi se nommaient les deux Hongrois)
« sont disposés à prouver qu'ils ne se
» vantent pas en vain, et avec votre per-
» mission, auguste Roi, et celle de Ma-
» dame la Reine, je suis prêt à leur
» accorder tout ce qu'ils demandent. —
» Et nous, » répondirent les Hongrois,
« nous persistons dans tout ce que nous
» avons dit. » Le Roi fit ce qu'il put
pour mettre fin au débat, mais, tour-
menté par les deux Hongrois, il publia
un décret royal qui sanctionnait les conventions faites entre les parties. Les deux
barons en prirent aussitôt copie et le
Bohême en fit autant. Puis les deux

Hongrois allèrent s'occuper de leurs préparatifs, et ils convinrent entre eux que le seigneur Albert se mettrait en route le premier pour tenter la fortune avec la dame et, qu'après un mois et demi, le seigneur Uladislas partirait à son tour.

Le seigneur Albert partit avec deux serviteurs, bien pourvu de tout, et se dirigea droit sur le château du Bohême. Aussitôt arrivé, il descendit dans une auberge du pays et il apprit, en s'informant de la dame, qu'elle était fort belle, extrêmement honnête, et qu'elle aimait son mari comme nulle autre. Cela ne l'effraya pas trop ; dès le lendemain, il s'habilla richement, alla au château et fit dire à la dame qu'il désirait la voir. Avec beaucoup de courtoisie, elle le fit entrer et l'accueillit à merveille. Le baron fut enthousiasmé de sa beauté, de sa grâce, de ses belles manières et de sa modestie. Quand ils se furent assis, le jeune homme dit à la dame qu'attiré par la renommée de sa suprême beauté, il était parti de la Cour pour la venir voir, et qu'en vérité il la trouvait plus belle encore et plus

gracieuse qu'on ne le disait. Et là-dessus,
il se mit à lui conter fleurette, de sorte
qu'elle vit tout de suite où il en voulait
venir et où il entendait mener sa barque.
Afin de le faire arriver plus tôt au port,
la dame mit la conversation sur l'amour
et lui inspira peu à peu confiance. Le
baron, qui n'était pas aussi rusé qu'il se
le figurait, qui avait peu d'expérience et
beaucoup de légèreté, ne cessa de parler
et laissa voir qu'il se sentait éperdument
amoureux de la dame. Celle-ci, bien
qu'elle montrât quelque réserve en écou-
tant ces déclarations, ne manquait pas
de faire cependant bon visage au Hongrois, de sorte que, pendant deux ou
trois jours, il ne fit autre chose que chercher à la vaincre. Quand elle vit à quel
imbécile elle avait affaire, elle forma le
projet de lui jouer un si beau tour qu'il
s'en souviendrait toute sa vie ; elle fit
donc mine de ne plus pouvoir résister à
ses instances amoureuses et lui dit au
bout de peu de temps : « Seigneur
» Albert, je crois que vous êtes un grand
» enchanteur, car il m'est impossible de

» ne pas faire ce que vous voulez ; je
» suis donc prête à m'y rendre, mais à
» condition que mon mari ne le sache
» jamais, car, sans aucun doute, il me
» tuerait. Pour que personne de la mai-
» son ne s'aperçoive de rien, vous vien-
» drez demain au château à l'heure où
» l'on mange, comme c'est votre habi-
» tude, et vous vous dirigerez droit, sans
» hésiter ni tarder, vers la chambre de
» la tour maîtresse, sur laquelle sont
» taillées dans le marbre les armes de ce
» royaume ; dès que vous y serez entré,
» vous fermerez la porte. Vous trouverez
» la chambre ouverte, je m'y rendrai
» plus tard et nous pourrons à notre
» aise, sans être vus de qui que ce soit
» (car je veillerai à ce que personne ne
» rôde de ce côté), nous pourrons,
» dis-je, jouir de notre amour et nous
» donner du bon temps. »

Cette chambre était une prison très
sûre qui avait été faite autrefois pour y
enfermer quelque gentilhomme qu'on ne
voulait pas faire mourir, mais tenir en
prison tant qu'il vivrait. Le baron ayant

obtenu cette réponse, selon lui favorable, s'estima l'homme le plus heureux
et le plus satisfait du monde ; il n'aurait
pas voulu acheter un royaume. Il remercia tant qu'il put la dame, partit et
rentra à son auberge, plein d'allégresse
et si joyeux qu'il ne tenait pas dans sa
peau. Le jour suivant, quand l'heure
fut venue, le baron alla au château ; ne
rencontrant personne, il entra, et, comme
le lui avait indiqué la dame, se dirigea
droit vers la chambre ; il la trouva
ouverte et, aussitôt entré, il repoussa
vers le mur la porte qui se ferma d'elle
même. Cette porte était arrangée de telle
façon qu'on ne pouvait l'ouvrir de dedans
sans clef, et, outre cela, elle était garnie
au dehors d'une très forte serrure. La
dame, qui était aux aguets non loin de
là, entendit que la porte s'était fermée ;
elle sortit de la chambre où elle était,
alla à celle où se tenait le baron et la
ferma du dehors ; après avoir donné un
tour de clef à la serrure, elle emporta la
clef. Cette chambre était, comme il a été
dit déjà, dans la tour maîtresse ; elle ren-

fermait un assez bon lit ; la fenêtre par
laquelle le jour y pénétrait était assez
haute pour qu'on ne pût sans échelle y
atteindre ; tout le reste était arrangé au
mieux pour une honnête prison. Dès
que le seigneur Albert fut entré, il s'assit,
attendant, comme les Juifs attendent le
Messie, que la dame tînt sa promesse et
vînt le visiter. Comme il était dans cette
attente et qu'il caressait mille illusions,
voilà qu'il entendit s'ouvrir un petit
guichet pratiqué dans la porte de sa
chambre, et si étroit, qu'il permettait à
peine de faire passer un pain et un verre
de vin, comme on a coutume d'en pré-
-senter aux prisonniers. Il crut que c'était
sa dame qui venait le voir et lui donner
des preuves d'amour, il se leva et
entendit aussitôt la voix d'une demoiselle
qui lui dit par le guichet : « Seigneur
» Albert, ma maîtresse, Madame Bar-
» bera » (tel était le nom de la châtelaine), « m'envoie vous dire que, comme
» vous êtes venu ici pour lui voler son
» honneur, elle vous a mis en prison
» comme un voleur et qu'elle entend vous

» punir comme cela lui conviendra et
» comme vous le méritez. Ainsi, tant
» que vous resterez enfermé là dedans,
» si vous voulez boire et manger, il
» faudra le gagner en filant comme font
» les pauvres femmes pour soutenir leur
» existence. Plus vous ferez de fil, mieux
» vos mets seront assaisonnés, je vous
» assure, et plus ils seront copieux ;
» autrement vous jeûnerez et vous n'au-
» rez que du pain et de l'eau ; cela soit
» dit une fois pour toutes, car on ne
» vous en soufflera plus mot. » Quand la
demoiselle eut ainsi parlé, elle referma
le guichet et s'en alla retrouver sa dame.
Le baron, qui avait cru venir à la noce,
et qui, pour mieux courir la poste,
n'avait rien mangé ou presque rien le
matin, resta, à un si étrange avis,
l'homme le plus ahuri du monde ; comme
si la terre lui avait manqué sous les pieds,
il perdit aussitôt connaissance, il n'eut
plus ni force ni souffle, il se laissa aller
et tomba sur le parquet de la chambre ;
de sorte que qui l'aurait vu l'aurait
plutôt cru mort que vivant. Il resta ainsi

assez longtemps, enfin il reprit un peu
ses esprits, mais il ne savait s'il rêvait ou
si ce qu'il avait entendu dire par la
demoiselle était bien vrai. Voyant à la
fin, à n'en pouvoir douter, qu'il était
bien en prison, comme un oiseau en
cage, il faillit mourir de colère et de rage
et devenir fou; il eut une sorte de délire
et, ne sachant que faire, il passa tout le
reste du jour à se promener dans la
chambre en prononçant des mots entrecoupés, soupirant, menaçant, blasphé-
mant, maudissant le jour et l'heure où il
avait entamé cette entreprise insensée et
cherché à s'emparer de la femme d'autrui. Il songeait aussi à la perte de tous
ses biens, conséquence forcée de cette
aventure, puisqu'il les avait pariés avec
la permission du Roi. Ce qui l'affligeait
surtout, c'était la honte, l'ignominie, le
déshonneur qu'il recueillerait quand tout
cela se saurait à la Cour (et il n'était pas
possible que tout le monde ne le sût);
il lui semblait que deux tenailles lui
mordaient le cœur, le serraient, l'arra-
chaient, et il perdait presque tout à fait

le sentiment. Tout en tournant comme un furieux dans la chambre et en s'y démenant, il vit par hasard dans un coin une quenouille chargée de lin, à laquelle le fuseau était attaché ; cela lui donna un accès de colère tel qu'il fut sur le point de tout casser, de tout briser ; cependant, il se retint, je ne sais comment. L'heure du souper était venue quand la demoiselle revint le trouver ; elle ouvrit le guichet, le salua et lui dit : « Seigneur Albert, je suis venue prendre » le fil que vous avez filé, afin de savoir » ce que je dois vous apporter pour » souper. » Le baron, déjà mécontent, furieux, sentit à ces paroles sa colère se changer en rage ; il dit à la demoiselle les plus grosses injures, comme on n'en dit pas aux femmes les plus dévergondées ; il l'insulta grossièrement et la menaça, comme s'il se trouvait en liberté dans un de ses châteanx. La demoiselle, à qui sa maîtresse avait fait la leçon, lui répondit en riant : — « Seigneur Albert, vous » avez vraiment bien tort de faire ainsi » le bravache avec moi et de me dire

» des injures; toute votre rage ne sert
» à rien. Vous savez bien qu'un ambas-
» sadeur n'est jamais coupable. Ma dame
» veut connaître par vous le motif qui
» vous a entraîné à venir ici; elle veut
» savoir si personne n'a été instruit de
» votre dessein. Il faut que vous me
» disiez cela et que vous filiez. Vous en
» êtes réduit au point que c'est de votre
» part donner des coups de pied en l'air
» et broyer de l'eau dans un mortier, si
» vous pensez sortir jamais d'ici sans
» avoir filé et sans dire ce qu'on vous
» demande. Prenez donc cette vie en
» patience, parce qu'il n'y a pas d'autre
» moyen pour vous de sortir d'embarras,
» et si vous songez à vous en tirer autre-
» ment, vous vous mettez inutilement
» la cervelle à l'envers. Je conclus en
» vous déclarant de la façon la plus
» sérieuse et la plus formelle, que vous
» n'aurez à manger qu'un peu de pain
» et d'eau, si vous ne filez pas et ne
» dites pas s'il y a ici quelqu'un qui
» sache le but dans lequel vous êtes
» venu. Voulez-vous vivre? montrez-moi

» du fil et dites la vérité; sinon, je vous
» laisse. »

La demoiselle, voyant que le prisonnier n'avait pas filé et qu'il n'était pas
disposé à dire ce qu'on lui demandait,
ferma le guichet. Le maladroit baron
n'eut ce soir-là ni pain, ni vin; cela fit
que d'après le proverbe : *Qui va au lit
sans souper se démène toute la nuit*, il ne
ferma pas l'œil jusqu'au lendemain.
Quand le baron fut sous clef, Madame
Barbera fit secrètement et avec habileté
disparaître ses serviteurs et ses chevaux;
elle les fit installer, avec tout ce qui appartenait à leur maître, dans un lieu
bien choisi, où ils étaient amplement
pourvus de tout ce qu'il leur fallait pour
vivre et où il ne leur manquait rien que
la liberté. On fit ensuite répandre le
bruit que le seigneur Albert s'en était
retourné en Hongrie.

Revenons au chevalier Bohême. Il
savait bien qu'un des deux Hongrois,
ses rivaux, était parti de la Cour et s'était
dirigé vers son pays; à chaque instant il
regardait l'image enchantée pour voir si

elle changeait de couleur. Pendant les trois ou quatre jours où le Hongrois cherchait à conquérir les faveurs de la dame, le Bohême voyait son image prendre la couleur jaune, puis revenir à sa teinte primitive. Quand il vit qu'elle ne changeait plus, il tint pour certain que le baron Hongrois avait été repoussé et qu'il n'avait rien fait; il en fut enchanté au possible, car il lui semblait qu'il pouvait être sûr désormais de la vertu de sa femme. Cependant il n'était pas encore tout à fait rassuré et il ne se sentait pas le cœur absolument tranquille, car le seigneur Uladislas n'était pas encore parti; il craignait qu'il ne fût plus heureux que son ami et qu'il ne réussît là où l'autre avait échoué.

Le baron, qui se trouvait bel et bien en prison, qui n'avait rien mangé la veille, et qui n'avait pas dormi la nuit, pensa longuement à ses affaires, le matin venu; il vit qu'il n'y avait pas moyen d'en sortir s'il n'obéissait à la dame; en conséquence, il fit de nécessité vertu et se décida, pour gagner sa vie, à révéler

la convention que lui et son ami avaient
faite avec le Chevalier, puis à prendre
la quenouille et à filer. Il ne s'était
jamais exercé à pareil travail, mais la
nécessité est un grand maître; il s'y mit
du mieux qu'il put, prit le fuseau et se
mit à filer, tantôt fin, tantôt gros, ou
entre les deux, à faire enfin un fil si
grossier que tout le monde aurait ri de
bon cœur en le voyant. Il se donna
bien de la peine à filer toute la matinée;
puis, quand vint l'heure du dîner, la
demoiselle arriva, comme d'habitude;
elle ouvrit le guichet et demanda au
baron s'il était disposé à confesser le
motif qui l'avait fait venir en Bohême et
combien de fil il avait fait. Le baron,
tout confus, dit à la demoiselle ce qui
avait été convenu avec le seigneur
Ulrich et, ensuite, lui montra tout un
fuseau couvert de fil. La jeune fille aussitôt lui dit en souriant : — « Çela va bien,
» la faim chasse le loup du bois, vous
» avez eu raison de me dire la vérité, et
» vous avez si bien filé que nous ferons,
» j'espère, à notre maîtresse, avec votre fil

» des chemises qui la gratteront si elle
» a des démangeaisons. » Après cela,
elle apporta au baron, pour dîner, des
mets excellents, et le laissa en paix. Elle
alla retrouver sa dame, lui montra le fil
et lui raconta toute l'histoire du pari fait
entre le seigneur Ulrich et les deux barons
Hongrois; la dame, bien qu'un peu effrayée des pièges dont on l'avait entourée, fut cependant enchantée de voir
comment l'aventure tournait et de montrer à son mari combien elle était honnête et pure. Avant de rien lui dire, elle
voulut attendre l'arrivée du seigneur Uladislas, et infliger à celui-ci aussi le châtiment que méritaient sa présomption et
son outrecuidance; elle était fort étonnée
de la vanité, de la témérité de ces deux
barons qui avaient, sans savoir qui elle
était, engagé tous leurs biens dans une
pareille affaire. Elle comprit cependant
qu'ils devaient avoir une forte dose de
sottise et de hardiesse. Mais, pour ne pas
raconter par le menu les petits évènements de chaque jour, ce qui allongerait
trop l'histoire et finirait par la rendre

ennuyeuse, je vous dirai que le baron,
mis en cage, apprit vite à filer assez proprement, et à se consoler, en filant, de
sa mésaventure. La demoiselle lui faisait
porter en abondance des mets délicats et
recherchés, et, quoi que fît le baron pour
l'amener à entrer en conversation avec
lui, elle n'y voulut jamais consentir.

A ce moment, le seigneur Ulrich regardait sans cesse et regardait encore sa
belle image; il la retrouvait toujours aussi
belle, avec d'aussi vives couleurs. On
avait déjà remarqué bien des fois que le
chevalier Bohême ouvrait sa bourse à
mille reprises, qu'il en sortait une petite
boîte, qu'il regardait avec grande attention ce qu'il y avait dedans, et qu'ensuite
il la fermait et la remettait dans sa
bourse; on lui avait demandé souvent ce
que cela voulait dire, et il n'avait jamais
consenti à dévoiler le mystère à personne.
Nul ne se douta jamais de la vérité. Et
qui d'ailleurs, mon Dieu, aurait pu imaginer pareil enchantement? Le Roi et la
Reine, sans parler de tous les autres,
auraient bien voulu savoir ce que le

chevalier Bohême contemplait si souvent et avec tant d'attention, mais ils ne jugèrent [pas à propos de l'interroger à ce sujet.

Il y avait déjà plus d'un mois et demi que le seigneur Albert avait quitté la Cour, qu'il était devenu châtelain et grand fileur ; le seigneur Uladislas, voyant que le seigneur Albert ne lui faisait rien dire, ne lui envoyait aucun message, comme cela avait été convenu entre eux, pour lui apprendre quel résultat il avait obtenu, hésitait beaucoup sur ce qu'il devait faire, et roulait dans sa tête toutes sortes de projets. Il finit par se persuader que son ami était venu heureusement à bout de son entreprise, qu'il avait obtenu de la dame les plus précieuses faveurs, et que, plongé dans une vaste et profonde mer de plaisirs, il avait oublié les conventions faites et ne se préoccupait plus de l'aviser de ses succès. Il se décida donc à se mettre en route et à tenter, lui aussi, la fortune. Il ne mit aucun retard à donner suite à ses projets. Il prépara tout ce qui lui parut

nécessaire pour ce voyage, puis monta
à cheval avec deux serviteurs et chevau-
cha vers la Bohême. A force de cheminer
chaque jour, il arriva au château où
demeurait la belle et très honnête dame,
descendit à l'auberge où s'était aussi logé
le seigneur Albert, prit des renseigne-
ments sur son compte et apprit qu'il
était parti depuis longtemps. Fort étonné
de cette nouvelle, il ne savait qu'imaginer, mais il eut beau réfléchir, il ne
découvrit pas la vérité et il résolut de
mettre à exécution le projet pour lequel
il était parti de Hongrie. Il s'informa
ensuite de la réputation de la dame et
apprit ce que la voix publique en disait
dans le pays; tout le monde publiait
qu'elle était gracieuse, jolie, sage comme
pas une et d'une honnêteté exemplaire.
La dame fut aussitôt avertie de l'arrivée
du baron; elle savait pourquoi il venait,
et elle décida qu'elle le paierait, lui aussi,
en bonne monnaie, comme il s'y exposait.

Le baron Hongrois alla le jour suivant au château; il fit dire qu'il venait de
Cour du Roi Mathias, et qu'il voulait

voir la châtelaine, lui faire visite et lui
présenter ses hommages. On l'introduisit
et il fut reçu d'un air enjoué et aimable.
Il se mit à causer de choses et d'autres ;
la dame se montra gaie, bonne fille,
comme on dit, et le seigneur Uladislas
conçut l'espoir de venir bientôt à bout
de son entreprise. Mais ne voulant pas
cependant, pour cette première fois, dire
rien de particulier, rien qui eût rapport
à ses desseins, il maintint la conversation dans les généralités ; il dit qu'ayant
eu connaissance de la réputation de
beauté, de grâce, d'amabilité, de bonnes
manières de la dame, et s'étant trouvé
dans le cas de venir en Bohême pour ses
affaires, il n'avait pas voulu quitter le
pays sans la voir ; il ajouta qu'il la trouvait bien plus accomplie encore que ne
le disait la renommée. La première
visite se passa ainsi et il s'en retourna à
son auberge.

Quand le baron Hongrois fut parti du
château, la dame se dit qu'il ne fallait
lui faire perdre trop de temps ; elle était
fort en colère contre les deux seigneurs,

qui lui paraissaient beaucoup trop présomptueux de s'être mis en campagne,
comme de vrais malfaiteurs, pour lui
salir, pour lui voler son honneur et lui
faire encourir la haine éternelle de son
mari, peut-être même la mort. Elle fit préparer une autre chambre à côté de celle où
filait le premier amoureux, et quand le
seigneur Uladislas revint, elle lui fit bon
accueil, en lui laissant voir qu'elle brûlait
d'amour pour lui. Il ne s'écoula guère
de temps sans qu'il fût en prison; la
même demoiselle vint alors lui expliquer par un guichet de la porte que, s'il
voulait manger, il fallait qu'il apprît à
dévider. « Regardez dans tel coin de la
» chambre, » lui dit-elle, « vous y trou-
» verez des écheveaux de fil et un dévi-
» doir; mettez-vous à dévider et ne
» perdez pas de temps. » Quiconque
aurait vu alors en face le baron, aurait
cru voir une statue de marbre plutôt
qu'une figure humaine; car il éprouvait
le plus vif dépit et il fut sur le point de
perdre le sentiment. Une fois le premier
jour passé, voyant qu'il n'y avait pas

d'autre remède à sa misère, il se mit à
dévider. La dame fit alors rendre la
liberté aux serviteurs du seigneur Albert
et les fit mener, avec ceux du seigneur
Uladislas, aux chambres de leurs maîtres,
afin de leur montrer comment ces derniers gagnaient leur vie. Puis elle fit
prendre les chevaux des barons et tout
ce qui leur appartenait et expédia un
homme dévoué à son mari, pour lui
donner avis de ce qu'elle avait fait.

Le chevalier Bohême, à la réception
de cette bonne nouvelle, alla présenter
ses respects au Roi et à la Reine et
raconta en leur présence toute l'histoire
des deux barons Hongrois, comme il la
savait par les lettres de sa femme. Le
Roi et la Reine furent saisis d'admiration ; ils louèrent hautement la prudence
de la dame et la trouvèrent très honnête,
sage et adroite. Le seigneur Ulrich
demanda ensuite la mise à exécution de
la convention consentie par les deux
parties ; le Roi réunit son Conseil et
voulut que chacun exprimât son avis ;
après délibération, le grand Chancelier

du royaume fut envoyé au château du
chevalier Bohême avec deux Conseillers
pour procéder à l'examen de ce qu'avaient
fait les deux Hongrois. Ils y allèrent
tous trois et s'acquittèrent diligemment
de leur mission ; ils interrogèrent la dame
et la demoiselle, ainsi que quelques serviteurs, et enfin les deux barons que la
dame avait fait mettre ensemble quelques jours auparavant, afin de leur per-
mettre de gagner leur vie en filant et en
dévidant. Le grand Chancelier, son
enquête terminée, retourna à la Cour, et
le Roi Mathias, avec la Reine, les principaux barons du royaume et tous les
Conseillers de la couronne, ayant
examiné mûrement l'affaire des deux
barons Hongrois et du chevalier Bohême,
à la suite d'une longue discussion où la
Reine s'était prononcée pour la dame et
avait donné son appui au chevalier
Bohême, le Roi, dis-je, décida que le
seigneur Ulrich serait mis en possession
de tous les biens meubles et de toutes
les terres des deux barons pour en jouir
à perpétuité, lui et ses héritiers, et que

ces deux mêmes barons seraient bannis
des deux royaumes de Bohême et de
Hongrie, sous peine d'être, chaque fois
qu'ils y rentreraient, fouettés par le bourreau. La sentence fut mise à exécution ; le
chevalier Bohême eut tout, les deux malheureux barons Hongrois furent chassés
des royaumes, et on leur signifia la sentence fulminée contre eux, que beaucoup
de gens, surtout leurs amis et leurs
parents, trouvèrent trop sévère et trop
dure. Cependant, comme la convention
était fort claire, tout le monde fut d'avis
qu'il avait été bien jugé, et que cela
devait servir de leçon pour l'avenir à
beaucoup de gens qui croient à la légère,
sans aucun fondement, que toutes les
femmes sont les mêmes, quand l'expérience apprend chaque jour le contraire :
car il y a parmi elles bien des variétés,
comme il y en a parmi les hommes. Le
Roi et la Reine voulurent ensuite que la
vaillante et honnête dame vînt à la Cour,
où elle reçut le plus bienveillant accueil
et fut l'objet de l'admiration générale.
La Reine la prit pour dame d'honneur,

lui assigna de gros revenus, et l'aima toujours beaucoup. Le Chevalier, enrichi et élevé en dignités, très choyé par le Roi, vécut longuement dans la paix la plus parfaite avec sa belle compagne ; il n'oublia pas le Polonais qui lui avait fabriqué cette merveilleuse image, et il lui envoya de l'argent et d'autres riches présents.

FIN

DU TOME SECOND

TABLE DES MATIÈRES

DU TOME SECOND

PREMIÈRE PARTIE

(Suite)

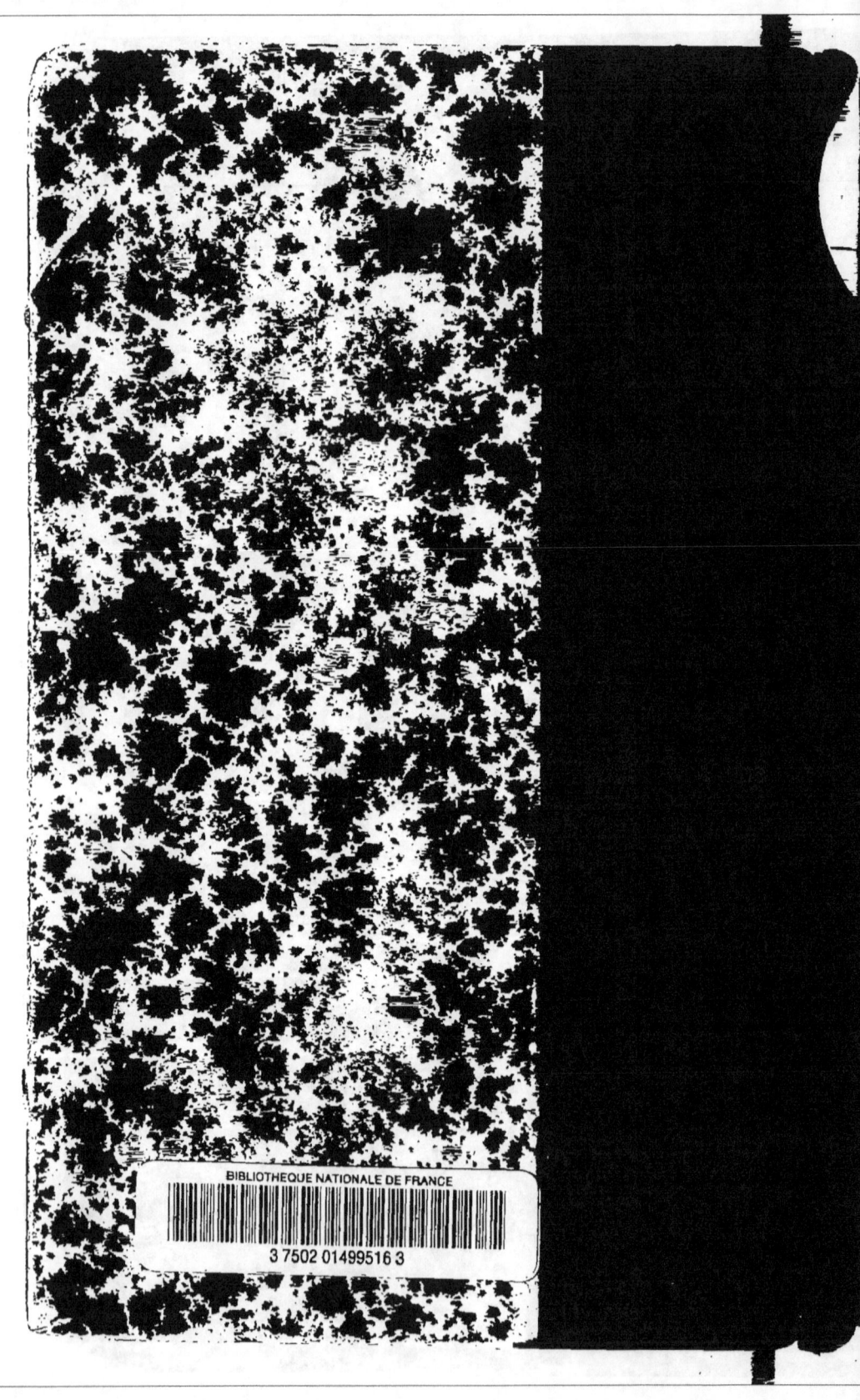